郭雪芙 **PUFF KUO** ／ 著

擁抱
過去的我

Me, Myself and I

CONTENT

目
次

Me,
Myself
and I.

獻給
每個正在改變的
我

曾經有好長一段時間

每天早上醒來就覺得憤怒

但是我不知道自己到底為了什麼憤怒

過去工作太忙

沒辦法靜下來好好思考這件事

一直到疫情期間

我發現自己的狀態快到極限了

我必須為自己做些什麼

透過自我覺察練習

我為自己訂下幾個目標

寫一首歌、一趟遊學、寫一本書

這三件事我從來沒做過

但對我而言是自己想做的事情

而不是工作

在很輕鬆的狀態下
設定好一個時間
一步一步完成

怎麼開始做一首歌呢？
我問我的音樂人朋友
那你想寫什麼主題呢？
他反問我

當下我的感受想到的主題是
現在的我想問過去的我
How am I？

擁抱過去的我　Me, Myself and I

整首歌想表達的是「真」

我寫出來的第一段歌詞是：

妳能告訴我嗎？是什麼讓妳害怕？

把自己囚禁在這個地方

空洞的眼神疲憊的靈魂

悲傷的回憶無助的我們

歌詞裡的妳和我，都是我

一個是過去的我，一個是現在的我

過去的我把自己包覆在一個黑暗空間裡

不是不能出來，而是不想出來

過去的我想待在那個空間裡

這樣才能保護自己

第二段歌詞

是過去的我，回答現在的我：

沒人聽我說呀！

卻都在替我說話

這冷漠的世界就是現實呀！

虛偽的大人醜陋嘴臉

惡意的話語安靜的無言

這些字眼是我寫詞當下最真的感受

我必須把這些東西放進去

沒辦法改成更漂亮的文字了

When we get old we'll be looking back

Is this the life you want?

If we still have a chance to change

I will leave here with you.

事過境遷後回頭看

這真的是妳想要的嗎？

如果我們有機會改變

妳願意跟我一起離開那個黑暗的地方嗎？

困在過去的我

會在前進時把現在的我拉回來

所以如果想解決這個狀態

只能先療癒過去的我

然後帶著她離開

　　　　　　　　FOREWORD　│　獻給每個正在改變的 我

也許下次想前進的時候
可能又會被拉回過去
這時候跳脫自己的主觀感受
用第三人稱視角問自己
害怕什麼
梳理情緒去面對它

現在的我已經走出來了
所以我跟過去的我說話
希望療癒過去的我
帶著她走往未來
我想要幫她度過那些關卡
不被困住
讓她知道
未來有什麼東西在等著她

完成「How am I」這首歌之後
心中有話還沒說完
所以整理成書

Me, Myself and I
是英文「我」的三種人稱代名詞
主格、受格和強調代名詞

跟中文用法很不同的是
原來「我」不是孤單一個的
「我」可以變成自己的
主詞、受詞和強調代名詞

擁抱過去的我
獻給每一個想要改變
與正在改變的我

/1

/1　他就是《Street Cat Bob》

/2　沒想到在英國倫敦 Islington 遇見 Bob

　　（Street Cat Bob Memorial Statue/The film: A Street Cat Named Bob）

He is my companion, my best friend,
my teacher and my soulmate,
And he will remain all of those things. Always

擁抱過去的我　Me, Myself and I

Prologue

朋友們眼中的
郭雪芙

陳柏霖。 好友、演員

你們有沒有曾經到過一個地方
會常常想起,卻又有點朦朧

但又會從其他地方聽到
說那裡是雪白天國,美麗。說那裡是顛簸險峻;慎焉
也有人說,那裡的融雪之時,會看到不一樣的春暖花開

不是所有人都可親眼感受到
這個有情緒有個性的世界,任性的並不隨著四季規律的變化

很有選擇的, 呈現給她所在乎的

這個地方,有屬於自己的奇幻世界
不一樣顏色的大門,會通往不一樣的異世界
有的門上了鎖,有的門要求嚴格
有的需要經驗值或緣分才能一探究竟

就是這樣的存在

而很有緣分的，也很開心
我也是見證這片精靈森林的其中一個人
而在這個奇思妙想的腦裡
她究竟在想著什麼、保護著什麼、守護著什麼

而這個蛻變且還在進行的故事

我也想知道 :P

聖
皓
。

好友、糜先生主唱

「阿芙，應該是我認識最不像女星的女星了。」

與世無爭和隨遇而安或許能是個美好的形容詞
但說穿了，其實就是位少根筋的女明星

外界看見的距離，是她不擅於表達的情緒
大眾聽見的直接，是她忘了包裝的個性
肚子餓就吃，想睡就睡，不想工作就行李提著搭上飛機
然後用她所能表現的方式，很用力的關心和愛著身邊的人

我也曾經和大家一樣，認識那個螢光幕前的她
看起來不太好親近
看起來好像很難聊天的那個她
但或許現在，你們可以透過這首歌，這本書
和我一樣認識真正的她
那個其實很直很真又很容易不小心闖禍的郭雪芙

袁
艾
菲
。

第一次要見雪芙前一個晚上，前經紀人傳訊給我：
你千萬要小心這個女生，聽說她心機很重，給你看新聞

他傳給我一個記者會的現場
這曾經是個鬧得沸沸揚揚的娛樂新聞事件
大家在猜測雪芙突然變臉和經紀人唇語
影片上幫他上了大大的五個字：他沒有來擋

前經紀人：你看！我跟你說她就是個這麼可怕的女明星
艾菲你平時神經很粗、講話又偏白目
你最好要跟她保持距離，不然小心被弄

這個溫馨小提醒的訊息，真的讓我捏把冷汗
又很矛盾不知如何是好

因為我上一秒才收到導演的指令：

因為你們要演好姊妹，所以你最重要的功課

就是要和她混熟、變成真正的好朋友

天啊！這豈不是逼死我嗎？兵來將擋、水來土淹

如果一起合作後的狀況不樂觀，也只能硬著頭皮見招拆招

不然能怎麼辦？跟導演說不拍嗎？

之後的讀本工作、一起去畫畫跳舞

我們都呈現一個相敬如賓的狀況

可能私底下的我，有時真的很像吉祥物

雪芙總是會看著我一直咯咯笑

我想她應該對我印象還不錯吧？

那應該就表示我被弄爆的機率應該偏低哈哈哈哈哈哈

（求生慾望有夠強烈）

第一次覺得雪芙應該不是大家傳言中的那樣是因為兩個拍戲事件

一個是她私下跟我說：你的腿皮膚好乾，回家後要多擦乳液

還有你的眼下也好乾、黑眼圈沒遮好，現在吃飯休息

還有一點時間，快去找化妝師重新幫你遮瑕一下

我心想：如果真的是心機很重的人，她哪管你這麼多啊！

還特地跑來提醒你？你越醜越好啊！剛好可以襯托她的美

還有一次印象最深刻的

因為我的角色比較豪放，衣服有時候穿的比較裸露

有一次一個演員可能太入戲，或是沒聽到導演喊 cut

就這樣多摸了我兩把

雪芙立刻衝出來跟他說：這次我當你是不小心的

等等如果你再這樣的話你試看看！

這和我聽到別人說的「心機很重、很會弄人」實在是相差太遠了

於是我開始對這些傳聞打一個問號？她為什麼會被說成這樣？

後來相處的時間越久，發現如果要精準的描述雪芙

我會說她真的很像一隻曾經受過傷的貓咪

因為受過傷害，一開始會感覺她的保護色和防禦有點重

擺明著告訴你：

我很凶！不好惹！你最好不要靠近我～嘶～～～ （貓咪吼叫）

但在理解的過程中若她卸下心防

越和她親近就越能感受到她的純真、可愛、直接、慷慨、善良

但有時候可能真的太直接了

我猜很多誤會可能都是因為太直接

有時候不是每個人都能接受如此直接的給予

我還記得殺青後我們仍舊很常保持聯絡

雖然沒有每天膩在一起，但是時常一起吃美食、運動、聊天

分享彼此的近況、心情、遇到的困難

我有天晚上研究當初經紀人傳的他沒有來擋的影片才發現

只要花心思認真看，會看得出來是在說：它、繃、開、了
我問雪芙：為什麼不跟大家解釋是它繃開了？
就任憑大家這樣誤會你？

雪芙說：因為我覺得不管我說什麼，他們都不會有人要相信
在他們的心中就是希望我是這樣的人
他們劇本都寫好了，那我還需要解釋什麼？

當下聽了真的蠻難過的，我想說：不是這樣的，我很抱歉！
可能因為過往的經驗、一些誤會，加上這樣的環境
讓你放棄不再保持著信任
但你還是要相信，這個世界上還是有很多中立、友善
願意花時間真正了解你的人！你要讓大家看見那個真正的你啊！

但不知道為什麼，我什麼也說不出口

現在聽到你要出書，老實說聽到這個消息既是感動又開心

我理解即使你痛苦的從錯誤中學習成長

跌跌撞撞地從傷害中茁壯

在內心深處你還是相信世界的良善美好

願意敞開心房跨出這一步，對你來說真的很不容易

要我描述真正在我眼中的你，好的不好的都沒有關係

因為這本書單純的只是想讓大家多了解真正的你

但我想跟你說：我們是人類不是聖人，從來都不需要這麼完美

或許有缺點、會做錯事，有時候會不小心耍白爛、會惹人生氣

但當我們願意脫掉保護色，打開雙手真誠的面對所有人

即使知道可能有人會這樣赤裸的傷害你

可能還是會有人照樣寫著自己想看的劇本

但你依舊無懼的、抬頭挺胸，願意做這樣子的冒險

這就是我認為最可貴的改變了

我先賭五千塊，（我的媽呀！好少！究竟有多小氣？）
大家會喜歡真正的你的

連奕琦。

迺夜市的郭雪芙

「下暗咱相招來去，咱來去來去迺夜市，
衫褲甲穿乎拍哩拍哩，抹粉嘛點胭脂……」
這首迺夜市就是我現在一想到郭雪芙的時候耳邊就會響起的背景
音樂；青春、活力、鄰家、隨性、熱情、台。
我永遠沒辦法忘記當時為了華燈的選角，第一次跟郭雪芙見面的
時候她帶給我的驚喜。原本我的各種擔心、猶豫跟被製作人勉強
的心情全都一掃而空，她好台，這一點就讓我迷上她了。
畢竟平時會看到她，都是各個公車表面或大樓外牆看到的女神形
象，沒想到本人完全就是那種我小時候土地公廟有廟會要演歌仔
戲，會出現在戲台下的攤販邊吸著燒酒螺還邊吃著醃芭樂沾梅子
粉的女孩，灑脫隨性，但是「恰」起來的時候，絕對沒在跟你客
氣。她當時給我的感覺就是非常的直率，是那種心裡面想什麼就
講什麼，就算沒講出來的，臉上也絕對會寫出來。我最喜歡跟這
樣的人相處，因為不用猜。

然後我就開始期待跟她的合作。

果然，華燈拍攝的過程中，有幾場戲在拍攝的時候她對於我的走位調度方式過不去，現場跟我僵持半天，當下我也是有點火了，因為拍攝進度的壓力，讓我急著要推進進度，我當下實在搞不懂她在盧什麼，但是她始終不放棄地跟我繼續僵持。事後回想，好險她沒有妥協，是她的這個盧，才有王愛蓮，也讓我更理解我忽略的導演工作細節。她的這個性格，就是當初碰面的時候，她吸引我的地方。

後來的此時此刻，她也還是這樣，希望她可以繼續這樣下去，繼續當一個迺夜市的女孩。然後如果她之後還要出唱片，希望她可以翻唱迺夜市，找我拍 。

Elsa。

還清晰地記得 19 歲剛踏進公司來面試的雪芙
有點害羞不安、怯生生的表情，以及有點巧克力色的膚色
當時只覺得，這個小女生眼神蠻有靈氣的
沒想過這顆曾經一度被公司視為燙手山芋的女孩
竟然從那個時候就跟她結下了不解之緣

講到郭雪芙，相信一定有很多來自四面八方看到聽到或想像的她
但從 19 歲到現在，每個事件，每個時期的她，我都看在眼裡
那個有點叛逆不安、保護色很重、常常詞不達意但內心柔軟
在這個複雜快速的行業中始終如一保持善良善意對待每個人的她
很多時候都讓我又氣又心疼
在這漫長的 17 年中，我們有歡笑、有淚水、也有爭吵
甚至在吵得最凶的時候
朋友問我為什麼不放棄跟她一起工作呢？
我的第一個念頭就是
她就像妹妹，是我的家人，要如何放棄？

從模特兒轉女團，再從女團轉演員，每一個階段都很不容易

一路走來我們一起面對許多風風雨雨

當然也一起分享完成工作後的成就感

或許她不是最積極的藝人

迷糊、情感豐沛（開心難過激動都會流淚）又正義爆棚的孩子

但只要把工作交給她，就全力以赴不會去想快速完成的方法

工作的方式有點直線條不懂轉彎

但也正是她認真對待工作的方式

她愛貓，她其實也很像貓

有點傲嬌害羞，渴望被疼愛和理解

但又不想違背自己想法刻意做一些事情來討好任何人

她性格裡的這把雙面刃，在未來可能會繼續面臨各種艱難

但我寧願她一直保持這種「真」

繼續當那個被認為不夠社會化，卻很透明很直率的她

黃琳容。

任性
原本認為這個詞彙是貶義的
但與雪芙合作以後
對這兩個字有了正面的看法

任性用在利己的事務上
當然是討人厭的
但是當任性用在正義上
需要被討厭的勇氣啊

又後來我們合作了兩部戲
她的任性我會解釋為 chill

她在導演發飆完的現場
突然加問：
男主角的家境這麼好配這樣的車不合邏輯吧？

036   PROLOGUE | 朋友們眼中的 郭雪芙

這女孩超 chill 的啦～

全場都冷靜下來了，比地獄還要安靜啦！

暗自心想，接近白目的人自然 chill

但我喜歡她這麼 chill

心情都在臉上

這麼簡單不就是好相處的意思嗎？

我喜歡她

跟我們吃飯續攤一起搭捷運不用偽裝

我喜歡

那天深夜在我家樓下動物醫院遇見的她

女明星一人獨自帶貓上醫院急診，坐在門口乾著急，超獨立的

我喜歡久久見到她

她想要熱情打招呼又想不出說什麼

然後尬尬地說嗨！你來了～然後走掉

幾個意思？看不懂～

沒關係啦～

這就是任性率真的她

希望這位二次元美少女能永遠 chill 下去～

也希望有更多人跟我一樣用這個角度看見她

凱
潔
。

說到阿芙這女孩，是一位很特別的藝人
記得有一次拍攝需要穿和服的廣告
當天她已經累到可以原地睡著的狀態
妝髮已經快 3 小時，然後還要再站著大字型
給專業穿和服的阿姨穿 1.5 小時

那麼忙碌的她總是靜靜的
每次妝髮的時候，不管身邊的人怎麼聊天
她總是以自己的步調，絲毫不受影響地待在自己的世界裡面

每次拍攝，畫面裡她的笑容看起來就是那樣地討人喜歡
幾乎都一個鏡頭完美過，我想她天生就是個吃這行飯的人

或許她有時候講話容易讓別人誤會，其實她只是心裡急著表達
而她的善良可以讓我忽略她心急的部分
記得有一次去她家，我問怎麼多一隻貓

她當下叫我小聲一點不要嚇到貓

這是她昨天在高速公路旁看到的，很擔心牠會被車撞到

結果她竟然立馬決定認養！

那隻貓到現在還很幸福的跟著阿芙生活

認識阿芙十幾年了，看著她一路成長，很替她開心

這小女孩長大了

希望阿芙可以一直享受人生、體驗人生

她是最棒的，以她為榮！

劉
麗
萍
。

從團體第二張專輯企劃工作時認識雪芙

先是從經紀人口中描述得知

跟她說話時可能不一定會即時有反應

但不用管她,她只是比較慢熟,需要時間消化一下

在工作的過程中觀察到她

時不時地散發出一種「與世隔絕」和「格格不入」的氛圍

在團體裡,她好像有個開關

會在什麼時候打開、或是被誰打開,她自己好像也不太清楚

過了幾年後,她發個人 EP 和寫真書時,一起去了一趟法國工作

看見了她稍稍放鬆的那個部分

也可能是因為比較熟了(跟上次工作已經過了好幾年)

她願意在我這個只在工作時遇到的工作人員面前

展示出來比較私下的一面

這個常常讓人覺得在放空的女孩心裡有很多想法與情感
只是抓不到適當的時機與自在的方式展現出來
所以她總是會有一種慢很多拍的反應
或被別人解讀成其他意思的狀況發生在她身上

但我想這正是她的魅力所在
是在集體世界中共同節奏裡一個反拍的存在
而這樣的存在,如果用另一個角度聆聽,會發現
在大家隨著正拍起舞時,反拍的獨特
也許我們也可以學習用這種方式
發覺獨特的自我

郭容。

美妝品牌資深傳媒經理

鈍感力女神

當我接到經紀人邀約幫雪芙新書寫序時，我感到非常詫異且誠惶誠恐，做為與雪芙有商業合作的客戶端代表來說，我與雪芙的關係就是工作夥伴，雖然合作關係可謂深厚，但寫序這項任務，就像是遠房親戚忽然間被指派要在晚輩婚禮上致詞一樣，要怎樣講得深刻有趣又不流於表面，實在是高難度的考驗。

即便任務艱難，我還是可以提供一些雖然外圍卻深刻的觀察心得對我來說，工作中的雪芙 on 的時候是鏡頭前閃閃發亮的女神，她總能輕鬆的主宰鏡頭，隨便幾個 cut 就完美呈現廠商的視覺需求，也難怪她能成為各大品牌的最愛；但 off 的時候，雪芙就是個活在自己小宇宙的小女孩，跟鏡頭前光芒萬丈的樣子不同，她就是不想講話就不講話、放空就放空，並不是對誰有任何冒犯，純粹是當下沉浸在自己的小世界裡。我記得在與雪芙合作前，看到影劇報導中，有人給她戴上「假面甜心」的帽子，但當實際與

她工作接觸後，發現她其實是真得再不過的人，就是因為太真，所以顯得不夠社會化，她不會偽裝自己，（要知道偽裝有時是個保護傘），至少在工作後台，我沒看過她撒嬌或說些討好的社交場面話。雖是以甜心美貌闖蕩演藝江湖，但她沒有將自己活在這樣的人設裡，雖然工作是演員，但私下卻完全不演，譬如有回在海外工作，她大辣辣地要在我面前剔牙，一旁的化妝師嚇到立刻制止她。其實她就是做她自己，但或許這樣的性格，或多或少讓她吃了些苦頭！

有好長一段時間，我都覺得雪芙「招黑」的體質真的太強了！
譬如：有回她出席盛大的唇膏媒體發布會，可能陣仗太大，她過於緊張所以表情顯得有些嚴肅僵硬，就被媒體報導成她怒飆經紀人的「他沒有來擋」事件……；又有一回，在品牌的週年活動上，明明穿了一件所費不貲的高貴禮服出席活動，美得跟仙女一樣，還是有記者寫她「腫」麼了……。
也許媒體記者對藝人的標準很高，但我常覺得她被丈量的尺好像

跟其他藝人不一樣。

在眾口鑠金的演藝圈，人際關係複雜萬端，即使面對未必公允的報導，卻不見她有極端情緒反應或在社群上反擊，以前我覺得她必定有顆異於常人的強心臟。

直到近期認識日本作家提出的「鈍感力」一說，才恍然大悟，老天爺除了給她美麗的皮相，還有「鈍感力」這項天賦，某一方面她對人際暗湧不夠敏感；但某方面，她不依賴別人的評價而活，能自動屏蔽世界的噪音，專注在自己的小宇宙，這樣的性格幫助她安然走過風暴，所有的人間不清淨也成了生命的養分，讓她蛻變成現在更成熟、更健康的模樣。

過往的是是非非似乎已經消音了，而雪芙現在的狀態也一如反映她的內心，輕盈輕鬆！做為雪芙的長期戰友，我祝福她能永遠以自己最舒服的節奏走下去，心之所向、身之所往，無須遲疑、不用顧盼，只要這樣努力向前，終會開出一朵美麗的花。

李玲蘭 이영란。

韓綜「我們結婚了世界版」
專屬韓語翻譯

去年在首爾見到了久違的她。這是疫情後的第一次見面
在台灣或首爾工作後，我們每年都會見面，雖然與工作無關
工作時許多人擦肩而過，但她不是那種人，我們一直保持聯繫

如今，我們的關係已經超越了工作上的利害關係
更像朋友般頻繁問候
去年她帶了幾個朋友來韓國，起初我對她的朋友們有些懷疑
但很快我明白了他們為什麼是她的好朋友
他們像她一樣，坦率真誠，沒有虛偽和惡意
最初的防禦心理可能是為了避免受傷
但他們的真誠很快打消了我的疑慮

那天我們像往常一樣在首爾旅行，吃飯購物
之後回到她的酒店房間，我也一同前往，回家之前聊了一會兒
令我驚訝的是，我們的談話涉及了經濟和股票市場
我本以為她對這些不太了解，但她表現得非常認真且有智慧

真是令我刮目相看，沒想到會與她討論股票、人生和未來

那天的對話讓我們更了解彼此

也讓我對自我發現和突破有了新的認識

我們不僅談到了經濟和股票，還討論了她的人生觀

她從小就知道自己是什麼樣的人

記得有一天，她和經紀人因為下一個日程的意見不一致而苦惱

從第三方的角度看，演藝界「競爭激烈」，總是有人可以被取代

在這種環境下，為什麼不珍惜當下的一切？

然而，她的想法與眾不同

她知道什麼是真實的，什麼是屬於自己的

她是一個需要充電的人

對現代人來說，「充電」這個詞難以定義

就像有些人喜歡旅遊，有些人喜歡休養一樣

充電就是休息，休息是充電的一部分，這形成了「良性循環」

她從小就明白自己的充電方式，雖然那時我不太理解她
青春時光怎能有休息時間？連睡覺時間都覺得可惜
然而，最近我暫時整理了忙碌的首爾生活，住在泰國清邁
想起了她當時的話，人類需要休息，休息能「積聚力量」
現在我明白這不是懶惰，而是在積蓄力量

第一次見到她時我也不免緊張，她既是女偶像，也是頂級明星
聽到各種八卦傳聞，向周圍人打聽她的形象
因為沒有直接接觸，得到的都是不太好的印象
但實際見面後，共同生活，我發現她與眾不同
坦率可愛，有禮貌，有責任感
如今，她越發成熟，成為了更好的人
我對她充滿感激，雖然她比我小，
但偶爾也會給我一些像姊姊般的建議
轉眼間我們認識已有十多年
現在我期待她的「下一個十年」

妹
妹
。

看著經紀人傳來的訊息，正在英國搬家的我，停在路邊的斜坡上頂著兩咖行李箱避免滑走而發愣……「寫一小段你眼中的姊姊」。
想說該不會是 600 字作文的概念吧？！！！
「最少幾個字？」我問。
突如其來的支線任務，有點緊張、有點不知所措、有點覺得……
妳要確定耶？

還沒長大的我們，是連睡在同一張床上，都必須得在彼此之間立一個枕頭的關係。從小到大，或許也淪為閒話家常了。時常會聽到許多「妳們就剩彼此了，感情還不好一點」、或者「沒人要」「可憐兩姊妹」等等慰問（？）
我不確定小時候的我們，是否或多或少為此參雜了一些逃避彼此逃避回憶、逃避受害……這些因素而疏離；或許有點逃避的我們，都在努力維持著對彼此最舒適的距離。在尚未踏入娛樂產業前，印象最深刻的回憶是，姊姊五專時期邀我上台北過節，實際什麼節慶已經不記得了，但那是她第一次邀請我融入她當時的生

活。後來的她跟同學一起當模特兒，基本上雖然還是我過我的、她忙她的，但我們開始會偶爾約吃飯。隨後有公司簽她、組團體、演了一個角色好像變紅了……。

這過程中，其一在她剛成年時，我因為家庭因素高中轉學，我們搬去桃園，有了一小段同居時期，加上兩隻貓；這時期的姊姊，時常因為台北工作完，還要開車回桃園家而精神不濟，結果就是經常地停在路邊睡覺，那時候對她有抱怨、有心疼；抱怨老是不回家，只留兩隻貓給我顧；心疼睡路邊是什麼意思（？）。

其二記憶是在她團體剛成立後，她搬上台北和團員住一起，我也在台北租屋讀科大，還因為彼此都喜歡吃某間美式餐廳，決定了我大學的第一份工，也因為打工的地方離她們一起住的家很近，所以有時候下班，趁週末隔天不用上課時，就會跑去串門子，然後一起在床上用筆電追動漫到睡著。

那時的她沒有穩定的收入，忘記是治裝的鞋太貴還是沒錢吃飯，我將身上僅剩的三千塊給她，那時的我們，算是維持了一種和平的感覺，有點關心又不是太關心著對方，然後依舊時不時吵架、

互相屁配叫。

默默的她入行至今也十幾年了，自從團體不用再住在一起後，我們就一直住一起，但是距離產生美，所以我們之間的矛盾和碰撞越演越烈。

很多時候都是朋友發訊息給我，我才知道她演了什麼、最近在忙什麼、去哪吃飯跟朋友玩，我並不關心她生活事業如何；她也不會問我大學怎樣。當然這些都是在我大學時期跟剛出社會時。

近幾年的某幾個瞬間，可以感受到她在努力改變我們彼此的關係，但就瞬間。現在她是我老闆，我們時常角色混淆，我不像下屬、她不像姊姊，有時候我又強烈感受到她在扮演媽媽……

現在的我在英國，還剩兩週就回台灣結束這趟遊學了。

一起工作已經來到了第 14 個月，可能太頻繁接觸，導致來英國中期的我，老是無所不用其極地拒絕她的邀約，某晚當我驚覺相簿裡有跟姊姊兩人歡樂的合照，我驚呆了，是怎麼辦到的？有毒

的關係讓我們前陣子進行了一次深度對談，內容在於我常會預設立場，拿她過往對我的樣子，去曲解她真正想表達的意思；很多時候、很多事情都是她的直覺反應而已，其實並沒有過多暗示或明示的意思，而我會想得超級多、超級扭曲她本意。講話直跟白目不是誠實的好藉口，儘管我在別人眼裡可能也常如此。

最後，在英國的妳真的很快樂，那種把自己交出去的快樂，譬如應同學們的許願，妳便在班級上唱完英文歌，又接唱妳自己做的歌，妳唱得緊張、發紅、發抖，我在一旁笑死，但內心是訝異且為妳開心的。不枉去年每每下班再接送妳做歌，時不時見縫插針的找出時間出發做歌，從零到完整的一首歌出來，真的嚇到，原來妳是認真的！尤其是妳告訴我，這一個、兩個旋律是來自妳夢中，趁剛睡醒還有記憶而記錄下的，這樣的寫出一首歌！我知道自己講話難聽又刺，尤其對妳……我也在嘗試對妳、對這世界更溫柔、也在努力學著不被情緒帶的太遠！

我想說的是：姊姊妳很棒，我也很感謝媽媽還留了一個妳陪我。

/I

/I   感覺腳上踏的是自由

擁抱過去的我   Me, Myself and I

Part. I

人生
就是有很多
問號

自己為什麼會這樣？

我的人生就是有很多問號

我自己也不知道要做什麼、想做什麼、該怎麼做

所以就只能照著自己當下的感覺

以「喜不喜歡」去做出「要不要」的決定

延續到長大之後，腦袋與內心都是用同一套系統運作

沒有再深入思考自己遇到事情的時候

「為什麼會是這種反應？」

我沒辦法相信任何人

包括我身邊最親近的家人，甚至我自己

可能在心靈層面我是匱乏的

也因此感覺自己一直卡在小時候的狀態沒有長大

從小心裡接受到的概念就是

不管怎麼樣，所有人最終都會離開我

我好像沒辦法跟大家有更深的感情存在

包括妹妹也是，和所有人之間都有一道牆

我一直認為，生命中的每個人來來去去

總有一天都會離開

也許是不想面對離別，乾脆一開始就封閉在自己的世界

不管外面世界怎麼變，自己顧好自己

大家也不用理會彼此

因為原生家庭的變故

我們姊妹倆從小就習慣各過各的，互不干涉

進入職場之後，身旁總是圍著很多人

也很難跟大家有更多更深的交流

我不懂得怎麼跟陌生人打招呼

怎麼在工作場合跟第一次面的人說早安

在各種外在壓力下怎麼跟身邊的工作人員

好好表達自己的想法和感受

這些事情，對過去的我來說，很難

出社會後也不像一般人一樣變社會化

然後自然地變成大家眼中該有的樣子

從小到求學時期，我在學校或日常生活中

好像從來沒出現什麼必須主動社交的狀況

但是開始當模特兒之後，想都沒想過的職場特性、人際關係

完全不理解（當時也是真的沒想過自己應該要理解）

開始出現被評論的各種話語

讓我一直想問為什麼

遇到事情不知道怎麼解釋，也不知道要怎麼解決

就這樣慢慢在心裡產生無形的壓力，然後一直累積

每工作一段時間之後，就會覺得自己的身心靈瀕臨極限

所以現在，我想挖掘自己的內心

想搞清楚自己為什麼會這樣

要怎麼變漂亮？

想當模特兒的動機其實很單純，只是想讓自己學會怎麼變漂亮

高中時根本不會打扮，留著像艾薇兒風格的龐克長髮、隨便穿

當時愛上英文歌，也喜歡看日本少女流行雜誌

看見雜誌上的模特兒都好漂亮，突然有個念頭

希望自己也能變得這麼漂亮

正好有一個同校的好朋友除了跟我一起打工之外也在當模特兒

就問她能不能介紹我去當模特兒

後來通過面試，加入和她同一家經紀公司

回頭看當時面試影片裡的穿著打扮

穿著黑色連身洋裝，腳下卻穿著像芭比娃娃會穿的厚底高跟鞋

超跳 TONE 的，怎麼想會這樣搭我就問！

（當初怎麼會入選？哈哈）

但我就是這種個性，做什麼事都會先設定一個目標然後拚命達成

可能有時候用的方法在別人看來有點怪、有點衝動、或是有點傻

小時候每一份打工，我都是因為喜歡什麼，就去那個店打工
例如，想吃甜甜圈就去甜甜圈店，想吃麥當勞就去麥當勞
喜歡衣服就去服飾店，喜歡看電影就去電影院打工
想讓自己變漂亮就去當模特兒，很直接～

在高中時期開始各種打工，只是每個時間都不長
當時也開始想要認真找一份長期穩定的打工好好賺錢
所以從 19 歲入行，模特兒是我打工生涯裡算是最久的一份工作
當然現在學到怎麼變漂亮，也學到了很多人生道理與生命思考
這也是當初沒料想到的意外答案

該怎麼表達？

在這個職場雖然很開心，可以讓自己漂漂亮亮的

但當時其實對自己非常沒自信，所以常常處在矛盾衝突的狀態

畢竟，一開始當模特兒的動機只是為了學會變漂亮

但在工作上遇到了幾次因為被要求展露身材

而讓自己覺得不舒服和難過的經驗之後

導致後來只要遇到這種狀況，就沒辦法自然的表現

甚至還產生了心理障礙，後來才了解

原來模特兒工作除了要會拍好照片之外，還需要會「表達」

我在當模特兒沒多久之後，就試鏡中廣告

陸續拍了一支銀行和一支漢堡廣告

也是讓大家開始認識我「清新甜美」這種形象的兩部廣告作品

但是在當時，模特兒圈開始了流行拍攝展露身材寫真的年代

當然我也正好遇上了，也開始被安排這類的拍攝工作

但是我心裡其實很疑惑，拍照為什麼要穿得很少？

畢竟跟我當初入行時的想像很不一樣

是我想太多？

因為我算剛入行年紀也還小

所以工作的時候如果有人口氣不好

或者是不客氣，我會很害怕

所以我想把事情做好，不然會被凶

記得那時候有一個婚紗拍攝工作

在拍攝現場可以非常明顯感受到攝影師的各種不尊重

講話時會帶著一種輕蔑或戲謔的語氣，讓我覺得很不舒服

但是當下我不知道要怎麼反應、或是跟對方溝通我的感受

只能不理會做好我該做的

別人看起來就覺得我臉很臭

但其實我心裡是害怕的

結果工作結束之後，被客訴說我工作態度不好

另外一次是拍一個洗衣機的廣告

拍攝時需要全身淋濕

當時搞不清楚現場誰是誰，但是可以感受到現場某些看你的眼神

那種竊竊私語，好像在笑你或是品頭論足之類的感覺

那個視線讓我感覺很不舒服

我跟當時帶我的男性經紀人說

他安慰我說，沒有，你想太多了

聽到這個回應讓我很無助，我真的就是有這樣的感覺

為什麼是我想太多？

可以不要嗎？

有次接到一個週刊模特兒內衣單元的工作

更戲劇化的是，那天剛好是我生日

在現場我一直被要求姿勢「再蹲低一點」、「再低一點」

穿太少已經讓我超級沒安全感

再加上現場各種眼光盯著、還要做到各種指令

拍完之後打給我的經紀人爆哭，問她以後可以不要拍這個嗎？

雖然這不是她接的工作，但我只能打電話給她

因為實在太難受了啊啊啊！

當時爆哭，可能讓大家覺得我頭殼是不是有問題，反應超大

模特兒出來工作這很正常我在哭什麼，不想接直接講不要就好

但心裡只覺得好像不能拒絕

因為當時的自己連根蔥都不是怎麼可以挑工作？

一方面會抗拒，但另一方面也想試著做看看、做好這份工作

可是拍攝當下，真的很難受，壓力超大

不知道怎麼消化這種感覺也不知道怎麼做好，真的很痛苦啊！

還有一次是拍戲，要演出千金小姐穿著泳衣從泳池中自信的出場

千金可以用演的，但要穿泳衣這件事對當時的我來說真的過不去

小時候我的身材其實是肉肉的、不是很緊實苗條有曲線那種

那時候我又是新人，所以工作人員會先考慮到拍攝效果

可能不會想太多我能接受的尺度，也不是很了解我的身型狀況

所以定裝的時後，他們拿來一件露背交叉綁繩設計款式的泳裝

當時我一穿上看到鏡子裡的自己，眼淚就沒有辦法克制的一直掉

我連定裝照都不想拍不敢拍……（好像綁粽子～）

當時帶我去定裝的是一位代班經紀人

她其實搞不清楚什麼可以、什麼不行

看到我哭她也不知道該怎麼辦，只好打電話給我經紀人求救

經紀人一直安撫我，要我先不要這麼急

這就是為什麼要定裝，如果覺得這套不行，當然不會有人逼我穿

當然溝通之後，選了一件符合尺度可以接受，也有拍攝效果的

但重點是正式拍攝時，還是強調事業線（可以不要嗎？嘆）

懂得
欣賞自己。

當時我就覺得自己心裡有一個跨不過去的障礙

一直到後期，在這個工作有了些經驗

開始懂得欣賞自己，有些自信的時候

我才敢在鏡頭前、或大眾面前穿上一些展現身材曲線的衣服

要展現身材的前提是得先建立對自己的自信

但我好像順序相反了

這些經歷對我來說，也是一種自我覺察的過程

也許是以前不知道怎麼表達，很多情緒自己也搞不清楚

當下的感受也無法好好的完整說出來，只會用哭的

所以事後才冒出來這些情緒，搞得身邊的人一頭霧水

加上當時遇到類似狀況時的心態就只想要躲起來（逃避）

趕快把工作做完就好

可是卻開始聽到周圍越來越多關於自己的負面評價

導致之後在工作上，如果自己意識到不舒服的狀況時

情緒就變成不是走難過路線，而是走生氣路線

我得保護我自己，好像全身長刺一樣當作自我的防禦罩
產生比較極端的心態「現在就是不開心，怎樣」來武裝自己
用一種「為什麼要跟你說話？」的表情阻擋外界靠近
幾次累積下來，在工作人員眼裡
我就變成了一顆不定時炸彈

現在跳脫出來看自己
可能最大的問題點是在那時候沒有人教過我這些東西
不是我不想表達，而是我根本沒有學過該怎麼表達
用堅定禮貌的態度說
「可以不要嗎？」
得到再一次溝通的機會

要為自己
做點什麼。

我的人生曾遇到兩次很重要的轉折點

第一次是在模特兒時期，因為一直被客訴

被前公司冷凍後

我覺得應該為自己做點什麼

所以寫了一封很長的信給經紀人

跟她說我不是不尊重這個工作，只是不知道怎麼做好

我決定好好做模特兒，不會只是再抱著打工的心態……

寫信這件事對我來說很不容易

但我覺得用講的可能無法好好表達想說的話

也許試著寫信，至少讓別人有機會了解我

也讓我有機會表達自己的想法

我寫好了信，拿到公司放在她桌上

也不知道她什麼時候會進公司，會不會看到

只想說，我自己有做了、完成了這件事

然後也沒想過她看了信之後事情會變怎樣、我會變怎樣

結果她看了這封信，竟然問我要不要加入正在籌備的女團

當然，我就答應了

這個轉折，把我推入我的人生下一關

侷限你的是自己。

第二次轉折是在女團後期

在跟前公司剩下半年合約空白期，感覺到當時

因為發生了臉書發文事件前公司應該不會給我排工作了

我用很正面的心情看待這一切，認真的跟我的經紀人說

沒關係，我們去開麵包店（我記得她有說過想開麵包店）

反正我有存一些錢，用一年的時間做點別的事

或是去韓國遊學也不錯，不是只有現在這個工作可以賺錢

我們可以走出去多看這個世界，就會有不一樣的想法

以前不會這樣想，但是當工作越來越久，去了越來越多地方之後

就發現其實工作的樣貌不是只有一種，侷限你的是自己

就算現在不做這個，還是可以做別的，當作好玩也沒關係

雖然經紀人覺得離開這個圈子之後會斷了以往累積的基礎

但其實我不擔心這個，因為世界一直在變

重點是當下的自己在能力所及的範圍裡，可以為自己做些什麼

然後累積獲得的東西，就能成為自己前進的能量

只想著
怎麼拍好照，
沒想過
怎麼會聊天。

< 訪談 >

節錄這段我與經紀人的訪談，也許可以從第三視角
聽見問題與可能的答案

芙：

模特兒時期大家都說我很難搞，沒有禮貌，都不打招呼
但我的概念是，我跟這個人不認識，我不知道怎麼先開口說你好

經紀人：

這個行業的習慣是，模特兒到現場見到人要先打招呼
自己要主動一點，可是你就是相對被動、跟逃避
不想要正面跟別人對到眼
可能心裡有壓力覺得這樣對到眼，就是要打招呼了
但又抓不準那個時機

芙：

對啊，我覺得好有壓力啊～

經紀人：

在女團剛出道時，拍廣告或 MV 的時候，我就一直提醒

看到人就是把「請、謝謝、早安」掛在嘴邊

不管和誰對到眼就說「Hi」

芙：

可是我覺得很尷尬，感覺好像要跟人家裝熟

因為如果不認識的人突然來跟我說早安

我自己會問號說我認識你嗎？

我沒辦法跟太主動的人相處，會產生心理和生理上的排斥

在工作狀態中也不會想多聊什麼，只會想專心在工作就好

經紀人：

大家會覺得她很奇葩，怎麼會有一個模特兒是這樣

不管是拍雜誌或者是廣告，或是婚紗店的工作

各種單位的反應都是，她好像很難溝通、很沒禮貌

芙：

但那時候我才 19 歲

我只是想著怎麼拍好照，沒想過怎麼會聊天

經紀人：

但不是說你不聊天，是說你可能就是去現場好像一臉不開心

芙：

哈，工作時我不太笑的

我知道大家在第一次見面時微笑打招呼，是要讓對方留下好印象

可是當時的我其實也沒有這個概念

遇到陌生人的當下不知道要說什麼該說什麼，這樣講好嗎？

對方心裡會怎麼想呢？還是乾脆什麼事情都不要做好了（哈）

在現場安靜的等，有人叫我我就過去，現在要幹嘛我就做

人家沒有叫我做的事情，我不會做

然後這樣也錯了，一直被投訴

我到底做了什麼？只是沒有笑而已

經紀人：

當初真的沒有人知道你到底在想什麼，只覺得你怎麼老是被投訴

然後你一覺得受傷、沒有被理解，就變得更封閉和憤怒

所以才會形容像一顆燙手山芋，沒有人想管、沒有人想碰

加上後來又發生了一件事情被客訴

公司開會的時候真的是不知道要怎麼處理了

然後大家就看著我要我發表意見，我想說怎麼會是我？

就只好說……

芙：然後就說要冷凍我。（自己先搶著說）

經紀人：

這個行業要接觸這麼多人，你有可能跟這個人只接觸到這一次

這個人這輩子不會再跟你工作了

可是他對你的印象就會停在那個時候

芙：

這段話其實蠻重要的，我也覺得是

可以給那些剛出社會的人，特別括號出來當作一個指標

經紀人：

可是以前你聽不進去，常常講這個講到吵架，因為你沒辦法理解

芙：

我不知道該怎麼變成符合所謂大眾想的那種標準的樣子

因為我覺得每個人本來就是不一樣的

經紀人：

每個人當然是不一樣，但是我會一直這樣提醒

當然就是希望不要被別人誤解

還有一點，就是她每次被寫被講的時候

還是會覺得挫折、難過

芙：

沒事，我的人類圖非自我主題是憤怒（哈）

經紀人：

我覺得你是沒有藝人意識

覺得自己只是一個把演戲跟唱歌跳舞當成一份工作的人

不是藝人，也不會想要變成公眾人物

所以後來會聽到工作上遇到的相關工作人員問我說

「她是不是紅了就很大牌？」

我都跟他們說，大部分其實……

芙：

我從小到大不笑的時候，臉看起來就長這樣（自己搶答）

經紀人：

我覺得那是一種保護色，跟要不要大不大牌沒有關聯

所以她就是需要去理解，然後調整

就不會掉入挫折跟難過、生氣的迴圈裡

芙：

我知道自己需要理解這件事

但是很長一段時間我的情況是，工作很滿自顧不暇

我的腦袋能裝的就這麼一些，我只能把專注力放在工作上

雖然一直被大家講，但我的第一順位是把工作做好

其他的只能等我有餘力再去做

現在我有了解到這個工作，不是只把作品做好就好

而是做人處事也很重要～

/1　2016 我在深圳的日子

/ I

擁抱過去的我　Me, Myself and I

/2

/3

擁抱過去的我　Me, Myself and I

Part. 2

在
角色中探索
自己

我的生存遊戲。

我喜歡打遊戲

在現實世界微社恐的我

在電玩世界裡卻可以跟陌生人組團隊闖關

大家一起設定戰略、分配各自的防禦、進攻位置，團結協助

玩遊戲時總能引起我滿滿的勝負心，一定要打到最高分！

如果把人生形容成生存遊戲，我有三個戰友：

一個是，內心沒安全感沒自信的我

一個是，工作以外愛打電動吃美食做自己的我

一個是，大家看到的廣告中螢幕上角色裡的我

從模特兒到女團、演員角色、廣告代言

每一關都要擋住安全感和沒自信的攻擊，防禦各種流言蜚語

而現在走到的這一關

是挖掘自己的內心，尋找憤怒的來源

回看每個階段，都是被經紀人、被工作推著走

面對眼前的工作，要努力克服人群恐懼、訪談障礙

吞下歌詞、舞步、劇本、對白、走位

不知不覺也累積了不少經驗值與戰鬥值

只是一開始進入這個遊戲時

自己真的太菜了，又沒抓到訣竅，吃了不少苦頭

沒辦法習慣當焦點。

其實我很懼怕人群，以現在的說法就是微社恐

每一次上台我都很緊張，很想吐

我喜歡唱歌、跳舞，我也喜歡站在舞台上表演

但只要遇到人群，就會緊張，因為太害怕了（抖）

而且，我從來沒辦法習慣當焦點

尤其在女團時期，就是能不要看到我最好

我希望我站在最邊邊的位置，大家以前面中間為主就好了

不要關注我，謝謝～

自帶一個結界。

我常常會自帶一個結界，讓大家無法靠近

在團體休息室裡，如果用第三人視角來看，可以明顯感受到

有一邊的溫度很喧嘩熱鬧，然後我這邊就是很冷～

跑工作行程在車上時

我會戴著耳機，不參與大家的聊天話題

然後一到現場下車後，我又正常的上台表演

下台後也會跟大家有說有笑

大家就會問經紀人我怎麼了，剛剛在車上是在生氣還是怎樣

其實我沒有不開心，我只是不知道要聊什麼

如果人家沒有來特別問我話，我也不想硬搭話，或者乾脆不講話

我只是覺得，大家處在同一個空間時不一定要聊天

大家好像有點難理解我的狀況

但也不會來當面問我，就會有各種猜測

之後也就不太敢在我面前聊天

通常大家會想說，拍攝這麼辛苦，這樣是一天那樣也是一天

那為什麼不開開心心的聊天呢？

但就那麼剛好我不是這樣想的人（哈）

其實我自己一個人工作的時候也非常安靜

有時候還會跟化妝師說，現在可不可以不要跟我講話（哈）

現在我理解，可能我不講話的時候，會讓現場的氣氛變不好

因為怕會吵到我，現場可能就真的不會有任何一個人講話

其實我就只是回到自己的結界裡待著，沒有別的原因

但反而讓其他人，尤其是不認識我的人產生了各種解讀

一個
不會聊天
的人。

仔細想想，還有一個最大的重點就是

我心裡想到什麼就直接講什麼

也很不會抓大家聊天的節奏和讀空氣

所以很容易不小心講了一句話就讓場子冷掉（哈）

有一次大家在車上聊的很熱絡，一開始我也沒搭話

突然耳朵打開聽到類似是在講爸媽碎念嘮叨之類的

我忍不住脫口而出，那是因為你們爸媽還在，請好好珍惜好嗎？

然後全場安靜

我只能說，我真的是一個不會聊天的人（尷尬）

一聽到關於爸媽的話題，就很容易把場子搞嚴肅

現在回想，自己怎麼會這麼搞笑～

在工作場合，我其實不知道要跟大家聊什麼話題

如果是聊動漫或電動，我可以滔滔不絕

但在當時我的職場裡沒有人會跟我聊這些
我養貓但其他人養狗，所以又少了寵物話題
然後對我沒興趣的東西，就是沒興趣的表情很難藏
結果就是把天聊死了～

不把別人弄生氣。

在團體的時候，我總是不小心把別人弄生氣

事後我有反省自己做錯什麼

可能是因為死屁孩得意忘形的白目狀況

自己不小心、也不自覺弄到人家，但對方可能覺得被針對了

我的敏感度很低，頂多感受到這個人在生氣但搞不清楚在氣什麼

雖然現在忘記那些細節，但當時可以明確感受到對方的情緒

然後這些小事件一直累積下來，只是也沒有攤開來說

一旦錯過了溝通時間，就更難知道彼此的感受了

那個時候也不知道為什麼

大家很愛寫什麼不和，或是誰踩誰、誰搶誰的工作

一直被比較，被寫到可能心裡就會開始受影響

沒事都會被寫成有事了

記得那場華山 legacy 的演唱會結束之後

心裡覺得大家可以一起站在舞台上

完成一場屬於我們三個人的演唱會，真的很感動、很激動

但可惜的是，好像只有我有這樣的想法跟感覺

但無論如何，對於我這個社恐人而言
這段時光是一段很珍貴又獨特的回憶
讓自己不必一個人孤軍奮戰
完成了錄音、拍 MV、站上台北小巨蛋的大舞台演出

我的女團時代就在後知後覺、懵懵懂懂中打完收工
進入下一關～

工作不會只有喜歡的那一面。

從 2011 年開始演第一部戲「真愛找麻煩」到現在已經 13 年
我這個人就是慢半拍也慢熟，對工作的理解也很慢
前十年就是人家叫我做我就去做
對於這個產業一開始並沒有真的吸收進去，也不是很了解
例如說片場工作人員有誰、怎麼分工，完全沒有概念

我喜歡拍戲，喜歡身為角色的當下去表現角色的情緒，感覺很爽
但是沒有拍到我的時候，就是等
沒有人會跟你說可以做什麼或不可以做什麼，就是叫你等
但是不知道在等什麼，漫無目的的等，就會覺得很累

拍了 13 年，開始可以理解在拍戲現場「等」的狀態了
現在自己更理解這個產業之後
對於製作的安排還有時間壓力這些狀況也比較能同理
現實狀態就是工作不會只有喜歡的那一面，等是很正常的

然後也開始對其他人的工作產生了好奇

這也是另一種意想不到的獲得

宇宙用激烈的打開人生的另一個開關。

當時跟前公司合約快到了，又發生團員的發文新聞

為了要避開這些紛紛擾擾，我跟經紀人決定一起去大陸發展
我和她說好，換一個地方重新從零開始
可能我想得比較安逸一點，但她卻一點都不想安逸
她不想在這個時間點上被打倒，不管怎麼苦都要撐過去
我知道要努力，要把握機會
只是我沒想到她真的是每個都要、不放棄任何機會
急迫到讓我們沒有喘息的空間
甚至是拍戲累到睡著，感覺呼吸隨時會停止的這種要命

我只能說，人生總是有苦才有甜
宇宙用一種很激烈的方式，把我人生中的演員開關打開了

怎樣可以？做得更好？哭著也要做到。

在大陸拍戲的這段期間，讓我重新摸索如何當一個好演員

因為接的戲種都不一樣，有現代愛情、奇幻古裝、民初……

每個角色的個性也很不一樣，但準備時間有時也不是很足夠

真的每一部都是一次震撼教育

當時被看不起的狀態也很多

從導演或是劇組其他人的態度中都可以感受到

大家帶著「她可以嗎？」的質疑

雖然我不是敏感的人，但是有些人就是會當著面直接把話講出來

所以我心想，不行！怎樣可以做得更好？！哭著也要做到

現在回想，那段期間雖然很苦

但是對我而言在各方面都是磨練

是了解如何做好一個演員的關鍵期

也打開了自己喜歡演戲的開關

天上掉下來的機會。

方紫儀《相愛穿梭千年 2 月光下的交換》

在大陸拍攝第一部劇後期

接到這部劇女主角因故臨時換角的機會

這部劇是電視台的訂製大戲，所以角色一空出來一堆人要搶

當時我也許沒有足夠的實力或經歷可以接下

但因為這是個天上掉下來的機會，我還是咬牙接了

所以我必須更認真、更努力！

當時非常緊迫的是拍完前一檔戲後要立刻飛到上海

定裝、見導演，三天後開拍

45 天之內所有女主角的戲份都要重拍完

也就等於是每天都有我的戲，我只能說，會吐……

而且我在開拍前三天才拿到劇本

要吃進這個角色所有的東西（怎麼可能）

連消化時間都不夠

我飾演的女主角方紫儀，是一個外表柔弱、內心強大的女子

有一種委屈和優雅並存的氣質（但跟我本人很不像）

那個時代的對白落落長，講話的口吻和口音都不能有現代感

還要修飾口氣、溫柔優雅

但我真的沒有多少準備時間

每天晚上收工團隊回飯店休息後我還要看劇本

根本睡不到幾個小時！

真的是邊洗澡邊看劇本，還邊哭！（淚）

為了
一片吐司
崩潰。

演這個角色還有一個很艱難的狀態就是要控制身材

因為這部劇的時代設定有很多旗袍扮相

訂製很耗費時間，所以劇組希望女主服裝盡量不要重做

但因為我和之前那位韓國女演員的身高和身形落差實在有點大

之前做好的根本塞不下，劇組只好緊急趕做三套旗袍

然後這個角色哭戲非常多，我壓力一大只能靠吃洩壓

結果就是我在鏡頭上看起來越來越寬……

製作人一直希望我能再瘦一點

經紀人就跟我說好，每天早餐就吃一片吐司配南瓜泥

團隊們也跟著我一起吃健康餐，大家陪我一起努力控制飲食

有一天早上妝髮的時候，我跟助理說想要吃吐司加南瓜泥

可能助理太害怕，或是沒搞清楚狀況，他就說沒有吐司了

但我的記憶是前一天晚上還有看到剩半條，為什麼他說沒有

當下覺得，他就是不想給我吃，所以騙我！然後我就爆炸了

當時真的壓力太大了，一片吐司就可以讓我崩潰（哈）
但也許就是有這個大爆炸，讓我可以發洩完
繼續這個魔鬼訓練！

哭到一個境界。

當時每天都在搶拍我的戲

我只能想辦法每天做好

所以也無法知道其他人對我的表現看法如何

記得有天我拍了八場以上的哭戲

眼睛已經腫到不知道我是誰、我在哪

哭到幾乎是神智不清～

當時劇組還準備了「哭戲神器」薄荷棒放在眼睛下面熏

讓我可以自動流眼淚，熏到後來也流不出淚了

兩隻眼睛已經沒有任何感受，整個麻痺乾腫到像青蛙眼

我的團隊甚至弄了兩隻湯匙叉在冰塊裡 stand by

一喊 cut 就衝上來敷我眼睛

所以方紫儀真的是苦到一個境界

不管是她戲裡面的人生，或是飾演她的我！

累
到

睡
地
上
。

< 訪談 >

經紀人回憶起一個我累到斷片睡在地上的小插曲～

經紀人：

那時候最慘的，是有一場醫院的戲

但那個醫院其實是在片場搭的景，現場很多臨演和工作人員

那時候她真的太累太累，中間有空檔她很想睡但沒地方睡

我就用黑色垃圾袋剪開來鋪平在地上，讓她直接躺在地上

當時我坐在旁邊看著人來人往的，覺得越來越不對勁

因為很多人經過就會看一眼，想說暗暗的怎麼有個人在地板上

我突然驚覺不行，不能讓人家看到她的臉

我就打開圍巾，從頭到腳蓋起來

她就像屍體一樣躺在那裡睡覺，哈哈～

芙：

對啊，回想起來都很有趣

但真的累的時候根本不會有有趣的感覺

當時我只會哭覺得好累

經紀人：

但你還是有撐下去

芙：

對啊，我還是有撐到終點，不知道怎麼撐的，哈哈哈～

只能靠吃讓自己好受一點，可是那時候還要減肥！

最真性情的角色。

流光《魅者無疆》

我很愛流光

如果有人問我演過最喜歡的角色是誰，我都會想起她

她有一句對白讓我印象特別深刻

「這輩子也沒有什麼人真心待我」

在劇本設定的古代時空背景裡，流光是一個女殺手，深居

使用魅術殺人的她，其實是沒有意識到愛和幸福是什麼

這女子的一生只是聽命城主出任務

組織裡的男人「影子」是負責服侍女殺手的下屬

即使影子對她再好，只覺得他們是聽命行事

不會去想有什麼真心或是愛

所以當她看到女主角和她的影子之間的互動時

回想起曾經有個影子對自己的好

才發覺原來有人可以這樣為她付出

再意識到城主只是利用她，反而讓她更想幫助男女主角
以至於自己後來落得一死的下場

雖然流光戲份不多，但我很喜歡她這種真性情
讓人很心疼她，也覺得她很瀟灑

好像要死在這裡了。

因為流光的設定是一個很有魅力的角色，所以扮相都是薄紗

但我們在冬天拍攝，所以當時真的是冷到靠北

印象最深刻的一場是死掉的戲，要躺在地上被大雨淋

水車的水灑下來不是鬆散的，而是一大股水柱往臉上灌

但嘴巴不能開，因為一打開水就會灌進去

可是嘴巴不打開的話，水又會灌進鼻子，水溫又超冷的

當下覺得，好像要死在這裡了

以往拍戲從來都沒有出現一個念頭是，為什麼我人在這裡？

當時真的冷到好想回家！

「歌手郭雪芙」和「演員郭雪芙」的分水嶺。

周惟惟《我們不能是朋友》

去大陸三年多，很多人其實不知道我在那裡拍戲

大家只覺得，因為前團員發臉書事件之後我就消失了

所以經紀人想說要找一個作品回來

談了好一陣子才談到周惟惟這個角色

我們溝通之後也覺得，以我當時的年紀也算是長大了

所以演一個稍微沒那麼粉紅泡泡的角色，觀眾應該是可以接受的

就選擇了這部比較大人面向、真實面對感情狀態的作品

以往人家看到郭雪芙就會想到「甜美」，但是我不想被它限制住

這部戲也是讓大家重新認識「演員郭雪芙」的一部戲

對我來說「歌手郭雪芙」和「演員郭雪芙」的分水嶺

走入角色的
內心。

周惟惟這個角色的感受很複雜

這個角色要傳達的感情在現實世界中是真實存在的

當你有論及婚嫁的人，卻出現了另外一個吸引你的人

這個人很明確的也被你吸引了，那這是對的還是錯的路

她不知道答案，可是當下感受是真實的，所以該怎麼辦

整部戲就是描述這種心情轉折的過程

我需要走入周惟惟這個角色的內心

去揣摩她面對這些事情時會產生的狀態

一邊越來越不愛了一邊又越來越有感覺，該怎麼做抉擇

因為有先來後到的問題，所以人會產生一種道德感

覺得這樣是不對的，但又很想遵從內心感受

就會產生很多糾結、痛苦

劇的結局是，雖然現在心裡喜歡這個人

但就到此為止，她想要先找回自己

多年後和他見面，如果還有感覺的話就在一起

如果是你的話會怎麼選擇？

是為愛拋棄眼下的一切跟這個人在一起

還是先讓自己冷靜一下

也可能拋棄一切在一起，但結婚十年後卻離婚了都很難說

重點是當下的感受和選擇是什麼

在面臨選擇時，該聽從內心還是考量現實？

也許先讓自己冷靜一下再做決定

這也是我在周惟惟這個角色上

思考比較多的部分

激起
勝負心的
角色。

王愛蓮（愛子 Aiko）《華燈初上》

當初角色設定因為要符合大學生年紀，到了劇情後段又需要黑化
劇組已經試了兩輪都沒有選到合適的人選
後來我收到試鏡邀請，但是導演沒跟我合作過，對我其實有疑慮
不知道我能不能駕馭這個角色，所以希望能見面跟我聊

其實我不一定要是女主角，只要覺得故事或角色有趣也想試看看
當時拿到這個角色的資訊非常少，也不知道導演見面是要聊什麼
只是知道這個角色的雛形是一個敗金女大生跑去當酒店小姐
我覺得很新鮮有挑戰性，所以還是希望能爭取到這個角色
就帶著空空的腦袋去聊了（哈）

見面時，覺得導演是個怕生的人，但聊著聊著兩個人都很起勁
導演很驚訝我對這個角色其實蠻有想法的
最後有爭取到角色我也蠻開心的

很多人都用螢光幕去認識我，對我有些既定印象

加上以我當時的年紀演大學生，也出現了一些疑慮的聲音

反而讓我更卯足全力去準備！

這種感覺跟玩遊戲時的好勝心是一樣的～

雖然這個角色戲份不多，但我也做了很多功課

除了學日文以外，演員們還一起去日式酒店做田調

學習日系酒店接待客人的流程

還有因為愛子的人設是一個哈日追星族

劇組給我日本明星中森明菜當作參考

當時有段幕後影片是我在舞台上模仿她唱歌的樣子，很有趣！

（好歹我也是女團出身的，哈）

當演員的十萬個為什麼。

剛開始進組時真的覺得好緊張，後來才慢慢熟悉

很感謝有這個機會飾演愛子，更開心能跟這麼多知名演員合作

也很開心能認識連導，在我有十萬個為什麼的時候

他總是會耐心聽我說完

演這個角色對我個人而言還有一個最大的突破

就是有場被日本客人帶去開房間的「動作戲」

這個尺度是我第一次在戲劇演出裡非常大的突破！

以前小時候常常不理解，為什麼要穿這個、為什麼要這樣演

現在只要是因為劇情和打扮合理的演出，就可以理解、消化

以及懂得和導演溝通怎麼詮釋角色

這也是這部戲收穫最多的部分！

社會底層
小人物的
台味與人味
。

楊丞丞《站一個晚上 此時此刻》

我覺得導演找我演這個單親媽媽的角色

就是想看我胖、看我醜、看我台～（哈）

讓我演一個社會底層小人物

把我很台的樣子給大家看到（謝囉）

我在想他說我的台，可能是一種人味

因為我平時在螢光幕上看起來都很漂漂亮亮、很仙女

所以當一個演員，他希望我透過角色呈現出一種反差感

丟球
與
接球
。

蒨蒨是一個單親媽媽，要賺錢養小孩，沒有時間管理她的身材
所以當時刻意為戲增胖，讓自己更貼近那個角色
也請了老師來教我按摩、整骨的方法和手勢
跟男主角也先試戲模擬怎麼按摩，想要看起來很流暢很自然
耳邊談價那段戲，我覺得對蒨蒨來說心裡是覺得羞恥的（哈）
但她正好需要錢，覺得眼前這個客人好像也還可以
在兩個人的互動上就會產生一種荒謬的情境喜感
男主角是丟球的人，而我是觀察或是接收反應的人
一開始蒨蒨覺得他是個怪人，後來慢慢被他吸引
所以在對戲的過程，也激發出很多很新鮮的火花

享受演戲。

愛子和蒨蒨這兩個角色，跟我以往演過的角色真的很不一樣

我也一直在接觸新的東西，此刻能演出這樣的角色也覺得蠻好的

現在回想起來，這兩個角色某些地方我應該會做得更好

可能以我目前的經驗來說，還沒辦法做得足夠或完美

但每一角色都讓我有一些前進的部分

學習讓自己進入角色的狀態，然後越來越完整

再多給一些劇本裡面沒寫出來的東西

透過自己帶入角色的狀態之後表演出來

這條演員之路我還在學習，而且是邊走邊學

有一場在海邊的戲，完全沒先設定對白

憑著當下的心情，用那個角色講出一大串話，用那個角色思考

當內心的感受和角色的感受相同就已經不是在演戲了

而是放入真實的感受，這種感覺很強烈，蠻好的而且很享受

不
想
當
個
花
瓶
。

《火星情報員》助理主持人

< 訪談 >
有社恐的人竟然要去當助理主持人，這也是後來兩人吵架的原因
我一直想拒絕，又一直被說服，不懂為什麼會找我？

經紀人：
當時跟幾個在北京工作的朋友說想要帶著雪芙去大陸工作
不管是拍戲或什麼，看看有什麼機會，請大家幫忙注意一下
然後有個朋友就跟我說，有一個新節目在找助理主持
但我說我們不會主持耶，而且又是全新的節目完全沒有參考
沒想到後來節目的人跟我聊完之後，又看到主持人人選名單
就改變主意，心裡想說先去露個臉，先求曝光也好
結果一季做完，他們竟然還想要我們做第二季
我有直白的說不好意思，我們就是臨場反應差，也不是很會講話

又不夠接地氣，你們真的覺得我們可以的話當然也很感謝

但如果不行，也可以看其他人選

後來那個總製作高層又跟我聊，覺得她雖然沒有這麼會講話

但有她自己的效果，當場上的大家都很鬧，她可以讓大家冷下來

總製作人覺得那就是另外一種效果，也是很好的

並沒有一定要每個人反應都要很快、話很多

所以我從第二季開始一直在跟她溝通

可是她覺得她做不到，也沒辦法做到

芙：

我的想法是，我不知道我可以在台上發揮什麼，也不想當個花瓶

如果有更好的人選，應該把這個機會讓出去

但經紀人就覺得，好不容易有這個機會，你要好好把握啊！

但我就覺得我不是這樣的人，也沒有能力做好

經紀人：

為了這個節目吵了無數次的架，可是竟然也就做了四季（哈）

芙：

我就是反應很慢，常常還在想要講什麼，突然就……啊啊啊啊啊
大家已經講完了

（當一個稱職的花瓶也很不容易啊～嘆）

做
自
己
就
很
忙
了
。

真人實境秀《光露營就很忙了》

經紀人：

有些網友和粉絲看了節目後留言說，她吃東西也吃得太認真了！

好像沒有在錄節目，連休息也是認真在休息

芙：那時候我可能太做自己了，但我就真的很累啊

經紀人：

錄影時我也常說，你剛剛真的吃得很真心沒在管有沒有機器在拍

芙：那個真的很好吃啊！

經紀人：

網友還說，真沒想到郭雪芙竟然是遊戲王，遊戲玩得超認真

一點都沒有要輸的意思之類的

這個節目看到她很真的一面，然後反而很喜歡她

芙：我只能說謝謝了～（哈）

經紀人：

大家會覺得說，她知道自己在錄節目嗎？

贏的時候認真休息，她也真的沒有要幫忙的意思

芙：這個狀況就是我的勝負欲很強，但是玩遊戲不是工作（哈）

經紀人：謝謝喔～

芙：

玩遊戲我真的是不能輸、不能被懲罰，我想要得到獎品！

我的勝負心很容易被點燃，我想要認真贏！

認
真
玩
遊
戲
。

上次回台灣參加代言活動，有個環節是跟通路平台玩遊戲

主辦跟我說不要太認真要輸給對方，但我以為我可以很認真

因為我很喜歡玩遊戲，而且想認真贏

不管是玩狼人殺、紙牌遊戲、桌遊、手遊，就是努力要贏

之前很迷很迷英雄聯盟的時候

我一收工回家就趕快狂 call 網路上打電動的朋友

趕快上線組隊集合！（希望能有遊戲找我代言）

每逢過年過節，我甚至會請我哥想幾個遊戲

類似乒乓球這種大家可以分隊的遊戲，然後找一堆朋友到我家

分成兩組玩遊戲，輸的有懲罰，贏的有獎品

我就是卯足了勁，一定要贏！

/1

/2

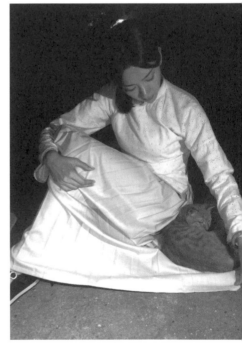

/3

擁抱過去的我　Me, Myself and I

/5

/4

/7

/6

擁抱過去的我　Me, Myself and I

 /9

/10

PART.2　│　在角色中探索自己

/12

/13

/15

/14

/16

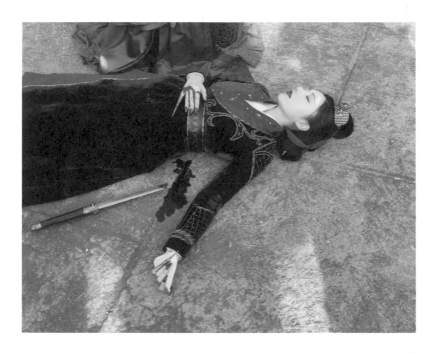

擁抱過去的我　Me, Myself and I

　　　　　　　　　　　　　PART.2　｜　在角色中探索自己

/20

/21

擁抱過去的我　Me, Myself and I

/22　熱爆的我，把古裝演成古惑仔了

/23　層層堆疊的我好熱……但我不說 ;-)

/24　筆記筆記……放空一下

/24

/25

/26

/27

擁抱過去的我　Me, Myself and I

/28

/29

/30

擁抱過去的我　Me, Myself and I

Part. 3

Gossip
Girl

那
個
誰
說
。

曾經有幾個標題和事件

是大家談論到郭雪芙時會一直被提到的

大家都喜歡 gossip

但誰都不想自己是那個，被討論的 Gossip Girl

烏龍緋聞。

記得剛開始拍戲有被寫過一篇烏龍緋聞

當天是在雜誌拍攝空檔時看到了那篇內容

我心想，天啊！要被誤會了！

（那時候週刊盛行偷拍炒緋聞，真的超怕被誤會的）

非常心急立刻打電話給緋聞的另外一位主角

當時一直跟他說對不起，真的不知道他們為什麼會這樣寫

當時講不到兩句就哭了

他反而安慰我，跟我說沒事～

小時候看到這種新聞真的超脆弱

更怕會因此當不成朋友，畢竟圈內朋友不多！

假面甜心。

好像從某個時間點開始

因為有篇報導寫我在拍片現場耍大牌沒打招呼

之後很長一段時間「假面甜心」會被擺在我的名字前面出現

不管是不是跟我有關的、或寫別人的，時不時就被順便提到

但是一直到現在，我還是無法確定當天實際是發生了什麼事

當天就跟平常一樣在片場休息室妝髮，很多工作人員忙來忙去

報導裡受訪的那位主角，他進來化妝室跟我 say Hi

但我當時沒反應（現在根本不記得有沒有這件事）

之後他在一個訪問時提到，然後就被當成一件事寫出來了

我看到時心想

咦，當天拍攝時大家不是還嘻嘻哈哈的？到底是發生什麼事？

重點是之後私底下遇到

他還來跟我道歉說不好意思沒想到會出那個新聞

當下我腦袋很直接想說

會跟我道歉，那就代表我不是做錯事囉？

但對或錯其實對大眾來說，也不是重點了

因為這個稱號變成了大家想像我的代名詞

在腦中變成一種既定印象之後，說或不說，其實都是假面

我也不是甜心，從小我就不是一個講話很甜的小孩

我們家是講台語的，講話直接跟人打招呼也是走俐又有力的路線

遇到鄰居阿婆或我阿舅的時候

乾媽就會大聲喊我「叫阿婆～」「叫阿舅～」（台語）

我就只會，喔，阿婆好、阿舅好（台語）！

所以我從小以為的「打招呼」就是這樣

出社會之後，沒有像乾媽這樣角色的人在旁邊跟我說看到人要叫

腦袋會很直接想說，啊我們又不熟，要怎麼打招呼？（逃）

一方面尷尬一方面也不想裝熟，直接套上一個不笑的保護色

工作的時候只想著做好我的工作，在鏡頭前要笑、要甜

一拍完就立刻切換回自己的狀態裡放空

所以現場工作人員感受到那個瞬間，然後解讀成甜心拿下假面
但其實對我而言只是一種快速切換工作模式的狀態
那時候也沒意識到，原來這個工作需要隨時保持著笑容
才會讓人家覺得你很 nice ，不只是把工作做好，還要做人
現在想想自己真的非常後知後覺（汗）

　　　　　　　　　　　　PART.3　｜　Gossip Girl

哭在活動現場。

剛出道時在一個活動現場，曾經被問了一個問題讓我覺得很難受
當下忍不住哭了，結果快門聲狂閃個不停
我覺得那些聲音好像在說，你看她哭了，趕快拍
感覺自己好像是站在台上的小丑，被人拿刀往胸口刺

其實，沒有人安慰我也沒關係，但至少是靜靜的不要有任何表示
只是沒想到現場的反應卻讓我有種，被刺給大家看的感覺
之後出席各種活動訪問，就產生了陰影和恐懼感

到底要注意什麼？

以前接受訪問時總是心裡想什麼就講什麼，不知道怎麼修飾漂亮
導致被寫出一些沒發生的事情，或是講的話被理解成另一個意思
看了之後心裡很受傷
經紀人安慰我，以後講話要再更注意一些
但是，到底要注意什麼？
大家似乎有一套標準看待我，好像我應該要怎麼樣才是我
但別人想的跟我想的又不一樣，為什麼我要變成大家想的樣子
這個心理轉變的過程就是，一開始是什麼都講
受傷了之後，我什麼都不講了，或是大家最好都不要跟我講話

當時經紀人一直跟我溝通，接受訪問要盡量多表達、多講話
但是要在意別人的觀感，然後消化之後講出適當的話來
這件事對我來說真的太難了～
我當時就是卡住，腦筋轉不過來，出現了很長的一段撞牆期
所以有陣子訪問或記者會，都是經紀人在講，我死都不講
因為我不知道我可以講什麼，不能直說又不想說漂亮話

也不想回答大家想聽的答案，那還能怎麼做？就不說話囉
所以當我接受訪問不知道要講什麼的時候
經紀人就蹲在我腳邊打 pass ～

為了要克服這件事情，活動前經紀人跟我都會事先 Q&A 預演
她會看當天早上有沒有發生什麼新聞，或是跟我有關的事件
演完主持人換演記者，問我一堆奇怪的問題模擬採訪現場狀況
每次妝髮時就是在做這件事 （哈）
真的壓力山大～

他沒有來擋。

想到「他沒來擋」這個影片事件，就覺得超好笑，到底誰沒來擋

當時我連誰、問我什麼話，問完下一秒就忘了

可是我沒想到的是，影片事件發酵很大

突然出現了很多很多討論和評論

許多人突然變得很了解我，另一部分的人也突然擔憂我

影片出來的時候，經紀人一直問我記不記得當時說了什麼

但我只記得是衣服背後的別針繃開了，不記得自己說什麼

影片裡我看起來很像在對某個人生氣，但其時我是緊張

因為時間很趕，上台前那件衣服又一直弄不好

但沒想到字幕上了「他沒有來擋」

再扯到女團成員彼此不和這題

過去這麼久了，就是真的沒有聯絡了

不和就不和吧，人生總會有些過客

但這題已經過了多少年了，還要再寫這個？

在當時我的內心還處在連自己是誰、要什麼都還不知道的狀態
所以一個不經心的小舉動就可能被檢視放大，揣測、想像……
經紀人勸我要先反省自己
為什麼大家單憑我的表情嘴形 f 在第一時間先做了負面的解讀

我理解她的意思是有什麼事情回後台再講
不要讓大家有見縫插針的機會

可是我覺得，如果反省就好像我做錯了什麼了，但我沒有錯
只是當時那件事情真的影響很大，餘波盪漾了很多年
但我就是做自己，不用誰來擋，我自己擋（關於提問部分，哈）

壯大自己的內心。

一路走來真的很不容易，現在我已經覺得沒什麼了
我已經開始不會在乎這些雞毛蒜皮的事情了
所有的感受，最後還是回來自己的內心是什麼

當然遇到這些莫須有的事情還是會受傷什麼的，但誰會在乎？
然後我也反問自己，為什麼要在乎那些人？
別人要怎麼講那是別人的事情

過去的我太容易為這些事情生氣，現在我跟自己說不用理會這些
我不想再被外界影響，我只想看美好的事情
不因為別人的話語而影響自己的心情
因為內在被影響，心就會變得非常醜陋
即使外面風風雨雨，重點是自己的內在狀態是什麼
每一段走過的路都是經驗
用這些經驗，壯大自己的內心，才能一直往前

慢慢 找到自己。

身旁的人都說，我是最不了解自己的人
我在想可能是因為
一開始從模特兒起步，表現出來的就是廣告形象
不需要了解模特兒的內心是怎麼樣
再來就進入女團要塑造的形象裡
好像只能設定成一個形象，是給大家看到的樣子
就更難學到怎麼在大眾面前展現自己

近幾年，透過演員探索各種角色，也學會排除外界雜音之後
現在我思考的一件事情是，我想表現「好」的狀態給大家看
慢慢的尋找「我」和「大眾形象」之間的平衡
也慢慢找到內心的自己

變
好
聊
。

經紀人常常跟我說，因為做這個行業很容易得到關注、很多機會
甚至可能比同齡的人早賺到錢，代表要付出的就會比一般人更多
大家一定會用比較高的標準看我，因為我是一個公眾人物
但是在演藝圈這條路，我被很多框架套住，也不知道怎麼調適
也因為遇到很多挫折與事件，才慢慢地想要認識自己
一直到這一兩年意識到這件事之後，我的心態開始轉變
不是很了解我的人，會說我變好聊了
但其實我不是變好聊，而是我終於開始認識自己
開始對於工作上自己的角色身分、責任義務是什麼，越來越清晰
所以我願意打開心防，大家就會覺得我變好聊

學會自己
療癒自己。

以前經紀人都說我這個也不知道、那個也不知道，好像外星人
我本來在另外一個異世界，現在才開始有踏入這個世界的感覺

現在回想起來才發現，原來自己會有這些不被理解與憤怒
其實是沒有人告訴我，學校也沒教過如何認識自己
怎麼處理自己的情緒
但要學會怎麼療癒自己，其實很難

感謝這一路走來，雖然懵懵懂懂，跌跌撞撞
但是，命運和宇宙會安排
告訴我什麼時候會遇到什麼事情
讓我去覺察，靠自己教會自己這些事

表情
要加油。

職場最硬的一場活動，應該就是臉書事件隔兩天要出席品牌活動
前一天跟經紀人講電話講超久，討論要怎麼應對
主辦方擔心活動會模糊焦點，直接打給經紀人請她明天不要來
所以變成其他代班經紀人帶我，只能硬著頭皮上
當時就告訴自己要冷靜、不要正面回應任何問題、不要選邊站
我的腦袋告訴我要笑，可是我又笑不出來
所以就變成一種哭笑不得的臉，表情非常尷尬～

現在，我在台上會讓自己先靜下心來，就比較能夠放輕鬆應對

如果被問到很難回答的問題就用眼神殺死對方，直接「下一題」
我發現真的這樣說了其實別人也不能怎樣，就尷尬而已（哈）
但我現在已經不在意了
後來被問到緋聞，我很直接說「我們就是朋友」
然後下一秒臉就變嚴肅，我就真的忍不住
好，下次我的表情要再加油

理解的過去的自己。

近期在拍戲現場，看到了一個年輕演員
因為一個失誤，被人大聲指正的狀況
當時瞬間覺得，天啊！我好像看到小時候的我！

這個年輕演員，可能因為臨場經驗不足、現場也沒有做得很好
但我知道她其實是有做好功課，事前練習很久想好了要怎麼做
到了現場，因為時間壓力或是現場狀況被要求調整
結果她腦袋就轉不過來，做不到新的要求，一直做錯一直重來
現場氣氛就變得很緊繃
但我很理解她為什麼會這樣
因為我拍第一部戲的時候，也是沒有任何演出經驗
所以當下感覺到周圍很多的不耐煩，很無助
但也不知道該怎麼辦，那時候就真的很菜啊！
所以我就很有既視感，想說幫她解圍，出聲緩頰
製造一些輕鬆的氣氛，希望讓她感受到有人理解她
但其實當下我也是在理解過去的自己

遇到職場裡的不被尊重，和各種複雜的狀況時

從不善表達、只會難過，到全身長刺保護自己

再到現在能夠互相理解、尊重

這些都是關卡

現在遇到過去的我

已經可以用輕鬆幽默的心情讓她知道

別怕，有人站在她這邊

/1 自我肯定感，每天給自己一個愛心

/I

/2

/3

/4

擁抱過去的我　Me, Myself and I

/5

/6

擁抱過去的我　Me, Myself and I

Part. 4

影響我
的
人生角色

人生光明燈。

如果要我寫一篇關於我的經紀人的作文，題目就是「光明燈」

一盞指引我走回正途不要偏掉的「光明燈」

她會一直告訴我要怎麼做，往哪裡走才不會走偏

但我會覺得，我都沒做過，怎麼知道這樣就是對的

所以我就會往別的地方去，然後再走回來

我的光明燈就會說

看，就跟妳說了吧～

她就是標準的媽媽概念

媽媽會告訴小孩說，我已經走過這些路了，你就照我的走

我的社會經歷比你多、吃的米也比你多，你就聽我的就對了

殊不知每個人都會有自己成長的方式

我大概可以理解她這個角色，不想讓我受傷

也不想任何節外生枝影響我的人生

然後一直被她推著往前

出
口
。

在工作遭遇客訴那個階段，經紀人是我唯一的出口
至於依賴經紀人的原因是，至少她會告訴我為什麼，跟我說真話
模特兒時期我會明顯感受到這個人是不是真心跟我說話
因為我也不是很會聊天的人，所以很需要懂我的人

當時住在桃園，每天必須開車到台北上下班，對我來說很疲憊
有時候又拍到非常晚，開車回桃園，一邊打瞌睡一邊開車
常常要先把車停在路邊，稍微睡一下再繼續開回家
精神狀況其實是很繃的，但我就住這麼遠
半夜回家隔天還要一大早去試鏡，真的是不知道該怎麼辦
有工作我當然也是很開心，但是那時候已經忙到不知道在忙什麼
覺得好累好累，真的不知道自己是怎麼撐過去的
記得當時發生了一些事情，然後還被客戶投訴，真的非常難過
某天凌晨我人在桃園打給她，問現在可不可以去找她
我需要聊聊，然後我就戴著一個髮圈，大素顏，穿睡衣
凌晨一點多開車到她家樓下，我們兩個就在車上，邊哭邊講

「明明沒有那個想法，為什麼大家要這樣誤會我？」類似這些話
她就看著我說「沒關係，我們就以後好好做，好不好？」
一直安撫我，就這樣我一直哭，她一直聽了一兩個小時
幸好有她，我當時唯一的出口

出口變成壓力來源。

從模特兒時期一起工作，到一起離開前公司，後來去大陸發展
當時帶著「第一次到新地方去工作」的心情，兩人都很興奮
心想著要把這部戲拍好，一起重新開始打拚
當時我們一起住在宿舍小屋，休假的時候去打羽毛球
感覺遠離了那些紛紛擾擾，生活過得很平靜

記得我們是在拍完這部戲飛上海之後開始有了紛爭
開始無法理解彼此的壓力來源
現在回想，我進這個行業，就是從什麼都不會
拍戲也是，唱歌跳舞也是，然後就一直被她推著往前
「就是給我去就對了！那個位置，站在那裡！」
所以在這種高壓的狀況下，我只想著，要活下去就是把台詞唸好
因為經驗不足，不能讓大家在現場等我，所以壓力就落在我身上
她知道我很累，但當時我的感覺是，她沒辦法理解我的壓力來源

< 訪談 >

還原兩人壓力來源的視角，發現其實很多壓力是自找的

一段關係中如果缺乏溝通，反而成為對方的壓力

經紀人：

我當然知道她很累，但我確實是沒有辦法感同身受

因為在上海拍戲時我的壓力也很大

我每天要煮藝人、妝髮、翻譯一共七人團隊的早餐

芙：對，你還要 take care 我的狀態是不能太胖

經紀人：還有不能太累

芙：怎麼可能不累啊！

經紀人：

還要有營養，所以我每天還切檸檬弄檸檬水，煮所有人吃的東西

一直到晚上回自己房裡才能回所有工作、訊息、Email

弄到很晚才能睡覺，我也是處在高壓狀態

芙：

當時就是彼此沒辦法體會對方的立場和對方做的事情

因為在我看來，她就是做這些事情就好，回去就是休息

可是我一起床那一刻我就得梳化，梳化完趕到現場

前一天背完的東西還要一直看，因為一緊張也會忘記

然後拍攝團隊 80% 都是韓國人，在現場還要很仔細的聽翻譯

沒辦法放鬆，只有睡覺時才能，但每天都只有四小時可睡

真的是在燒我的肝啊～

那時候我們是想要一起打拚、重新開始

但她是全部擠在一起有機會都不想放，擔心下一個不知道在哪裡

可是我知道自己的心理狀態跟身體狀態，沒有辦法這麼滿

一個工作結束，我得休息一陣子，至少也要放空

我沒有辦法像她那種拚的程度，這個要、那個要，她都要！

我如果說我可以不要嗎，她就會生氣說，好啊那我現在去拒絕他

難道是不能好好溝通嗎？

加上她覺得我休息了狀況也沒有變比較好（哈）

但我還是得休息啊！

兩個人就因為這些事情一直吵架

冷戰。

在上海拍戲的中後期，她跟我說了一部古裝戲「夢回朝歌」
這個古裝大戲想給我一個角色，她當然想要去
名製作人的戲，又不需要拍很多天，只要 20 天
但因為他們急著要找這個角色，她當時問我就馬上要我的答案
可是我當時的身心靈狀態得先專注在一部戲
一心想著拍完這個趕快休息，其他事我根本聽不進去
而她覺得這個機會不能放掉，所以兩個人根本無法溝通
當時一個禮拜都沒有講話，都是用傳訊息或是透過其他人傳話

除此之外，其他的爭吵都是因為火星情報局
拍完第一季之後覺得自己沒有功效
又一直聽到別人說我怎麼在這裡
其實我自己也不知道為什麼可以
慢慢就會覺得，我好像不適合，應該把這個機會讓給更好的人
我一直想拒絕，但拒絕不了，她會想辦法說服我

爆炸點。

之後有一次爆炸點是，我想跟她請假出國休假
給自己一點私人生活
我知道自己的內在狀態不好，我沒有辦法消化
我快爆掉了可是我不知道該怎麼辦，所以我能想到的就是休假
至少去做一些可能開心的事情，讓我可以先屏蔽掉現在的不開心
結果她回我，沒辦法保證那段時間可以留給我
然後我腦袋就出現一個聲音說，那我跟你請假幹嘛
我沒有辦法得到一個準確答案，沒辦法安排我的休假
那我到底還能怎樣（我的時間不是我的時間）

< 訪談 >
溝通很重要但我又不會溝通，只覺得為什麼不行，所以就吵架了
我跟她這種狀態好像是家人之間「你應該懂我啊」這種想法

經紀人：

因為工作變動性很大，可能前面有什麼工作會突然要喬時間

但早期我的經驗就是她完全沒有可以溝通時間的彈性

所以後來她跟我請假的時候，我是怕我沒辦法很明確的說日期

芙：她不想要給我一個準確的答案

經紀人：對

芙： 所以她才這樣回我

經紀人：

因為我怕說如果真的萬一有什麼工作要挪時間

例如請她晚一天出發但還是五天，可是她連這個彈性也沒辦法給

芙：

因為我要安排行程，而且跟朋友一起去，他們會因為我必須改動

所以我會想，為什麼不能把這段時間當作我在拍戲留給我呢

至少讓我有一段我可以自己安排的時間

破
冰
。

經紀人：

那段時間我們兩個都情緒爆炸之後，我的身心靈課老師跟我說

人與人之間就是照鏡子，當你覺得對方對你很不友善的時候

你有沒有想過你對別人也是這樣

或是你也像刺蝟，所以你看對方也像刺蝟

你要想改變自己是不是很難，就去想別人是不是也很難改變

所以可以先從自己開始做起

我就改變想法，慢慢發覺兩個人關係好像就比較沒有這麼尖銳

就在那時候，她突然有一天問我有沒有空，想來找我聊一聊

經過那次對話我們才稍稍的有把心結打開

從那時候開始，就能夠正常的對話了

芙：

後來過一陣子我又覺得，不行我得休假了，我就又跟她請假

她知道如果不讓我請我可能又要爆炸了

這次她就爽快的說，好，那你去吧！

經紀人：

但我覺像她這樣個性的人比較真

不會在背後有很多心思，會直接聊開

芙：

像我也會講，你知道我經紀人就是不讓我放假！

她就是要把我榨乾！哈哈哈～

經紀人：

所以你自己說，如果沒有以前的那些耕耘播種哪有現在

芙：當然你說的都是對的

經紀人：我怎麼覺得這句話是我逼你講的？哈哈哈

芙：你說的都是對的，無法反駁～

經紀人：

你就是這樣才可以安安心心出去遊學三個半月這麼久，不用煩惱

芙：對對對～耕耘終於有收穫了！太好了，我真的是要落淚了！

（哈）

　　　　　　　　PART.4　｜　影響我的人生角色

接我爆炸電話的化妝師。

在跟經紀人吵架那段時期，我的狀況很不好，有一種封閉的狀態
可是我不知道怎麼辦，我不想跟任何人講話，所有人，包括家人
經紀人可能不知道我的狀態，因為她很久沒跟我講工作以外的事
當時我快喘不過氣、也沒有出口，覺得自己在崩潰邊緣了
突然有個念頭就是，我不想做了！
我大爆炸，打給我的化妝師爆哭，因為我理智線已經斷掉
我只有這個念頭，我不想在這個行業了，太辛苦了
大家根本不知道發生什麼事情，就這樣子說我，我已經受不了
我從來沒有這樣子跟她講過這些內心的話
現在回想，我也不知道當時哪根筋不對，突然打給她講這些

後來我才知道，化妝師那天其實有工作
可是她在外面跟我講電話講了快一個小時
後來她跟我說，接我電話當下發現我不對勁
她覺得這通電話沒辦法掛，因為如果掛掉不知道我會發生什麼事
（後來她可能沒有再接過那個客戶的工作）

媽媽。

說到家人，從小就是我一個人一個世界
可能媽媽過世的那段期間，到讀五專，都有一種感受是
每一天都覺得在作夢，夢醒了，我媽還在
所以我沉浸在媽媽過世的傷痛裡其實很久很久，只是沒有意識到
只能靠時間化解這些情緒
所以我有一大段時期很像在夢裡
我的現實是一場夢，夢醒了我媽就出現了
我們還是會回到我們原本的家
每天就是期許這個夢會醒來

等到出社會開始工作才回到現實，慢慢意識到我還有一個妹妹
媽媽過世的時候妹妹才 5 歲，她對媽媽的記憶其實蠻薄弱的
等到我有意識到我有一個妹妹的時候，覺得我應該要照顧她
我不能總是一直花媽媽留下來的錢，妹妹以後沒有錢讀書怎麼辦
當我有賺到錢的時候，就開始想專心工作，賺錢養我自己和我妹

去年我在跟她聊到這些想法時，她覺得我為什麼那麼奇怪

以前我們井水不犯河水，你過你的我過我的生活

現在為什麼突然要我跟你一起生活，為什麼要像媽媽一樣管我

所以現在她的憤怒值比我高很多 （哈）

妹
妹
。

小時候只有我跟妹妹兩個人一起住桃園那段期間

我收工回到家看到家裡這麼亂就會對她很凶

問她功課寫完沒，怎麼還在看電視

她覺得幹嘛管我，然後就進房間鎖門，跟我能不碰到面就不碰到

練習自我覺察時回想，從什麼時候開始，我們關係變這麼惡劣？

我想跟我妹的感情變好，我想要知道怎麼做

我的老師問我，為什麼不去創造什麼叫做溫暖幸福的家庭？

我才意識到，原來從以前到現在我都是被動的，都想要別人給我

從來沒有想過自己可以給跟創造，原來這件事是可以自己做到的

我想修復我們的感情，雖然我知道很不容易

她每年都會寫生日卡片給我

看到卡片上寫「姊姊大人」也覺得她很在乎我

只是講不出什麼好話，跟我本人很像，因為我也是這樣

所以我就覺得那個業力回到我身上（哈）

導演。

從大陸磨練完回來的第一部戲就是遇到馮凱導演

他跟以往我遇過的導演不太一樣

他會跟演員講很多話，告訴演員可以怎麼做

讓演員在一開始還不確定的時候，給予一個明確方向

所以他那時候給我什麼，我就盡量吸收，一起討論劇本、台詞

我的個性跟他很像，都是屬於暴怒款，會無來由的生氣

一開始覺得這個導演很凶，後來了解他之後知道這是他的真性情

彼此磨練出來一種默契，這也是我第一次有這樣的感受

也讓我進入到演員對角色探索的關鍵期

第一個

主動交心的

朋友。

從小就不會主動跟人家交朋友，艾菲是我第一個主動交往的朋友
因為導演在開拍前給我的功課是
戲裡是好朋友，就要真的變成好朋友
他希望一喊 action，我們兩個人之間好朋友的感覺就要出來

所以我主動約她出來畫畫、跳舞，很認真的準備導演的功課
結果我們兩個後來真的變成好朋友
這是我第一次打開自己的狀態，讓一個人進來我的世界
對她的感受很多都是第一次，我也很開心她給我的回應很真很好
後來我會主動跟她說我的事情，才意識到，嗯～這就是我的朋友
在遇到這麼多事情後，要信任一個人真的很不容易
所以她對我來說，是一個不一樣的存在

工作
人員
。

以前有部劇的 casting 每天都來問我，你今天是不是心情不好？

我說，對，怎麼了嗎？我每天都心情不好

你可以不要再問我了嗎？

現在想想覺得很好笑，但我也不知道他為什麼這樣

後來遊學前，我拍戲他來探班

他看著我說，我真的沒想過，我可以看你一直在笑

我：對啊，怎麼了嗎？

他：你以前都不笑的

我：因為那時候心情不好啊

他：所以你現在心情很好？

我：心情蠻好的啊

（然後我還擁抱他，他嚇瘋）

/1

擁抱過去的我　Me, Myself and I

Part. 5

擁抱
過去的我

不管世界
長什麼樣子，
都從自己開始。

長大之後才發現，當人困在自己的世界裡
就不會接收到外界的資訊，也就不會想要去獲得
但我也是因為經歷過一些過程，才會有現在的覺察

外界看我，好像一直都有工作接
但是內心其實是波動很大、很受傷的
也是到近幾年，我才慢慢的去深入自己的感受
才更明確知道「我」是什麼

知道自己想要什麼，在什麼樣的狀態裡覺得舒服
讓自己有更多樣的體驗
即使外界對你不友善，但這是以你為主的世界
不用去附和、討好他人，他們怎麼想是他們的事
不管這個世界長什麼樣子，都從自己開始

原來跟人相處這麼困難。

小時候沒感覺有什麼問題，也沒有想過，原來跟人相處這麼困難
直到現在覺察到，自己會是這樣的狀態，可能是原生家庭的影響

以前的我就像一個寶寶不會講話，只能用情緒來抒發
只會用哭的說不要、拒絕。
其實「表達」需要細節和清晰，或是在適當的時間點提出想法
錯過了那個時間點才提出來，別人就會覺得很錯愕

以前自己累積太多負面東西在身體裡，卻不知道怎麼表達
只會用憤怒表現出來，所以身旁的人總是感受到我的低氣壓
感覺我在生氣，但是不知道我怎麼了
因為我也不知道我怎麼了，這是一件很可怕的事情
重點是，我到了三十幾歲，才有那個出口去開發這件事情

放了假
也沒有好。

疫情時，經紀人其實蠻焦慮的，因為沒有工作怎麼辦

但我還行，我就去做我自己的事情

拍了「芙芙不工作要幹嘛」系列影片

由我自己發想內容，做自己想做的事情然後分享給大家

做這些是想要有一個開始，找到自己喜歡的或是更多的想法

經紀人也就放著我去做，我自己也玩得很開心

隔一陣子又遇到疫情，就沒拍影片，繼續好好接戲、拍戲

到了 2022 年，心裡又覺得不行，工作太滿了

我必須要讓自己離開工作去做一些事情，想要讓自己好起來

不然我很怕變回疫情時的狀態又要爆炸，所以我就開始請假

我一定得出去，然後那半年我就一直玩

杜拜、日本、美國、泰國⋯⋯在半年之間去了很多地方

最後一趟旅程是美國十幾天，去科切拉，看 BLACKPINK

心願都達成了，想做的事我都做了

但心裡這一塊，我感覺沒有好

那時候在美國還有剩下幾天行程，我都心不在焉

一直在思考自己到底哪裡出了問題

已經放假了也沒有好，到底問題是什麼呢？
然後，帶著這個疑問回到台北

吃個飯突然動了念頭。

有一天我跟我妹忙完後，想吃一間餐廳但是訂不到位
請朋友幫忙訂，他竟然說他現在正跟朋友在這家餐廳吃飯
但他說的那些朋友我一個都不認識，我問我妹
我們現在去有得吃，但是跟不認識的人，要嗎？
她說，如果只是為了吃飯好像沒有不行
「那我們就是吃我們的飯」帶著這個想法就去了
我朋友介紹了同桌的朋友，但現場每一張臉都是問號
打完招呼我跟我妹就開始吃

結果我妹聽到他們在聊自我覺察訓練課程，非常有興趣
竟然說她也想要去上課
因為她接下來要跟我一起工作，她擔心跟我工作的時候會吵架
所以她想要上這個課，多了解自己
我就說，你要去上那我就跟你一起去
因為我一個人不敢去，但這個課我好像可以去上一下
我心裡其實一直在想，為什麼放假回來，但心裡好像還沒有好

或是少了什麼的那個狀態是還在，所以當下覺得可以去上看看

妹：但要一百多人一起上課你可以嗎？
我：我不知道，我沒有試過。

我就覺得，反正我妹要去，我就去
如果這次沒有跟著她一起去的話，我就再也不會去了
所以我硬著頭皮跟我妹去上課了

在很密集的幾天裡，我獲得了一些關鍵和練習方式
讓我去看自己，包括我怎麼用我自己的狀態看這個世界
在那個過程中，我得到了一些東西
是我從來沒有想過的、以前也沒有意識到的概念

選
擇
。

過去很多時候，我都覺得我沒有選擇
我很像一隻一直困在鳥籠裡面的鳥，那個鳥籠是我的工作
我只能困在裡面，因為我要賺錢生活，所以我只能這樣

但是，我們所有的選擇，都是我們自己最好的選擇
只是有的時候我們會把現在沒有的選擇，和別人的選擇當作比較
所以才會一直看旁邊的東西，可是我們最好的牌就是前面的牌了
當我知道這個概念的時候，我才真正的意識到
其實是我自己把自己困住了

現在轉念之後，專注看自己眼前的牌，就是最好的選擇

渴望愛。

每個人不一樣，就是每個人獨特的魅力存在
如果我要變成誰，那就不是我自己了
我想要有我自己的樣子，前提是要了解自己

我發現自己是一個很渴望愛的人，但以前並沒有意識到
所以，當你想要得到愛的時候，我們可以做的是先去付出愛
而不是一味地從別人身上要求得到愛

拿下保護色。

在課堂上每個人要自我介紹，老師叫我把口罩拿下來
我心想為什麼不能戴口罩，但我還是拿下來
從那刻開始，所有人都知道我是誰了

最後一天，老師跟我說他之所以要叫我拿下口罩
是因為這是讓我最快融入這個團隊、融入所有人的方式
大家不用去猜測我是誰，直截了當，最快的方式
讓我可以專注在我現在要做的事情和課程上
他也讓我了解，用實際的行動，如何呈現自己、如何撕開保護色

把過去的自己撿回來。

上課前他們問我，為什麼想來上課？我說我很愛生氣

我想知道自己為什麼這麼愛生氣，到底在氣什麼

以前的目標就是要買房子買車子，這些都達成了

也沒有夢想，沒有想要得獎，或是一定要成為什麼了不起的人

我只是想搞清楚自己到底為什麼生氣

結果上完課之後，我發現自己其實有很多想要做的事情

出國遊學，是從我在學生時期就很憧憬的一件事

但以前會覺得自己沒有錢，要先打工賺錢才能去

真的出了社會就開始工作，變得沒有時間，什麼地方都不能去

所以這個想法被我藏在很後面，所以我不覺得我有夢想這件事情

後來我意識到自己其實還是有這個夢想的

現在想做什麼事情，如果不去做，時間就過了

這些事情就會被推到更後面去，就永遠做不到了

以前可能害怕別人的眼光、別人的嘲笑，怕自己的失敗
因此不敢往前做想做的事情
但其實，想要做什麼事情，往那個方向去就可以做到

所以現在我告訴自己，就算會害怕，但可以勇敢的面對
現在開始我會踏出去，接觸一些我可能會害怕的事情
發現自己一直沒有看到的是什麼，去做那些放在心裡想做的事情
把過去的自己，再撿回來

好
煩
的
。
有
什
麼

我是調頻者，不是那麼外向，感性比較多
所以感受到什麼就爆出來，容易失去理性

現在遇到一些事情，會慢慢找到自己的狀態跟情緒
然後完整地在心裡想過一遍
為什麼對方剛剛講的那句話會覺得這麼刺耳？
為什麼會惹毛我？為什麼我會這麼生氣？
然後我感受到，其實自己是因為覺得被誤會了
理解自己為什麼生氣，再把這個原因冷靜清晰表達給對方
生氣就不會那麼莫名，而是有脈絡的

更奇妙的是，我化解了每一天起床時的那種憤怒感
以前醒來，就是想著一天開始又要工作了，好煩，怎麼會這樣？
上完課之後回到家隔天
有史以來第一次起床後覺得，嗯，有什麼好煩的？

吃能撫慰心靈。

我休息的時候會比較瘦，因為我都會去睡覺
睡 12 個小時，然後再過 2、3 個小時再吃飯就好了
因為要 16 小時空腹
睡前你至少要隔 6 個小時不吃飯，所以睡覺很重要
但是拍戲的時候不行，沒辦法睡，就會一直吃
因為只有吃能撫慰心靈

/1　第一次的長途旅行在義大利

/2　我最愛到英國的 Waitrose 買現切的牛排煎來吃最愛的部位是 Ribeye

/1

/2

/3

/5

/4

擁抱過去的我　Me, Myself and I

/6

/7

/8

/9

我的
貓家人

看到兩下
就想蹭
。

我覺得貓，有一種安靜神祕的感覺

有些傲嬌、有些小聰明、有些柔軟、有些可愛

雖然每一隻貓的個性不一樣

但只要看到貓科動物，我就想要去蹭兩下

2008 年我跟妹妹有了新家，也多了三隻貓家人

首先加入的兩隻

一隻是美短哥哥「PUPU 噗噗」

一隻是摺耳貓「NILI 尼力」，牠們是同父異母的兄弟

搬家前在舊住處附近逛到一間寵物店

因為從小就想過要養寵物，心裡就覺得好像可以開始做這件事

剛好寵物店老闆娘自己的貓咪生了很多小貓咪

我就跟妹妹打算兩個人一起養一隻貓

結果在選主子的同時，兩個人意見不同

最後變成一人選一隻（哈）

　　　　　　　　　　　　　　PART.6　｜　我的貓家人

第三隻是在 2014 年拍戲轉點的時候

車子一上高架橋，經紀人就看到好像有一隻貓咪在路邊

我很緊張的跟她說，如果真的有看到，我們要趕快繞回去救牠！

我們繞回去把車停在路邊，經紀人拿一件衣服引牠注意

然後我從後面用衣服包住貓咪迅速地抓上車！

過程非常的驚險，貓咪整個炸毛很害怕，但幸好沒事

在車上我抱著牠的時候，牠變得很安靜，眼睛水汪汪的看著我

雖然覺得牠很可愛，但是看到跳蚤從牠眼睛爬過讓我很緊張

因為我很怕蟲！

當時就想說暫時照顧牠，問看看有沒有朋友想領養

但照顧久了就捨不得了……

因為工作很忙都沒時間可以陪伴、照顧牠們，只能麻煩家人照顧

所以家人其實是不想要再多一隻的，但在我的堅持之下

即使是要麻煩家人的狀態下還是把牠留下

牠就是我們家的老三「金 Bon」

因為牠小時候很緊繃，所以叫牠「金 Bon」

牠們就像我的家人、我的孩子

不知道牠們是哪來的神奇物種，有一種撫慰治癒人心的效果

只要待在家，就會想要黏著牠們

雖然有時太黏牠們會跑掉

我還是會放寬心等待牠們來黏（哈）或是用食物誘惑牠們過來

PuPu 噗噗 （2023.06.25）

PuPu 噗噗小時候很皮很凶，常常欺負 Nili
我會訓牠，叫牠靠著椅子罰站，但其實站一下下牠就會偷跑掉了
我想，就是因為這樣，牠喜歡妹妹多過於我吧
牠非常貪吃，不管怎樣都會想辦法吃到廚房的東西
所以也要盡全力想辦法阻擋牠去廚房
小時候還教過牠怎麼在馬桶上上廁所
還用了放在馬桶上的小貓砂盆作為工具
感覺快要成功的時候，因為忙著工作就沒有繼續進行下去了
現在想想覺得很可惜

牠是一隻不怕出門的貓
如果有認識隔壁鄰居也會去串門子，感覺去哪都可以
牠很喜歡曬太陽，只要有露台的家，都會讓牠去曬太陽
長大後雖然還是貪吃，可是牠變得很乖巧溫順

雖然他現在已經離開去了天堂（2023.06.25）

但牠很努力陪伴我們直到最後

我知道牠的生存意識很強，也知道牠想要再陪我們久一點

只是當時看牠難受自己也覺得難過了

現在只想說牠可以不再被病痛折磨了，去當一個快樂的小天使～

Nili（2022.05.23）

Nili 從小時候就很像個女孩子，雖然牠是男生
但行為舉止都跟 PuPu 不一樣
牠很喜歡手手交叉，叫聲偏柔弱也偏安靜
反觀 PuPu 就很像大爺，手都開開、腳也開開的

我還記得 Nili 小時候我跟牠一起睡覺，被牠嚇到
三更半夜睡覺睡到一半，牠突然驚醒，對著窗邊叫
感覺像是驚嚇的叫，叫完牠就衝出我房門
我頓時毛骨悚然，害我也跟著衝出房門
從那次之後我就不太敢跟牠在房間睡覺，怕牠亂叫
但我還是會忍不住想要跟牠一起躺躺
所以我會躺在客廳的沙發，然後牠躺在我的腳邊或肚子旁邊
但很奇怪的是牠很喜歡啃我的手指甲，邊啃邊舔
然後有時候睡覺會流口水

PuPu 會打呼、Nili 好像會作夢說夢話

噢對了，Nili 不喜歡被抱抱，都會想辦法掙脫
剪個指甲就會流手汗還會嘆氣，哈！
PuPu 反而鎮定多了，喜歡坐在人家的腿上
也蠻喜歡被抱的，是家中最愛撒嬌的
Nili 有時候也會撒嬌，但跟 PuPu 比起來顯得比較笨拙
牠平常不喜歡吵雜，都會躲起來，但是在打架方面也不輸給哥哥
會耍小聰明，跑到比較高的地方打哥哥的頭！（哈）

Nili 是比哥哥再早一年（2022.05.23）去天堂的

其實 Nili 突然離開，讓我很震驚

因為牠離開前一兩天才帶牠回診，當時的狀況和數據都很不錯

牠們倆兄弟都有心臟和腎臟的問題，應該是跟遺傳基因有關

但沒想到當天回到家餵牠們吃飯的時候

通常牠們都會聚集到我旁邊

但那天我突然發現 Nili 怎麼不見了，當下我本來在叫牠

喊著喊著突然覺得很不對勁，我越來越慌開始在家裡狂叫狂找牠

最後在妹妹浴室洗手台下方，看到牠背對著躺在那裡

我頓時間心都涼了，視線模糊、聲音顫抖著叫牠

摸著牠已經失去溫度漸漸僵硬的身軀

我難過到像小孩一樣的哭喊，啊……就像天塌下來一樣

因為我一直覺得是哥哥的狀態比較不好，如果年紀大了什麼的

要離開也是哥哥會先，結果沒有想到……

我只有對於哥哥的身體狀態做好心理準備

但對弟弟的離開還沒做好心理準備，所以有點哭到不能自己

現在牠也是小天使之一了
只希望牠們兩個能夠無憂無慮無病無痛，這樣就夠了

再來說我們的老三金 Bon
從小就是個惡霸，爬上頭頂的那一種，兩個哥哥都是被牠欺負的
只有剛到我們家的時候怕生
不知道是不是因為很怕沒有吃的
所以牠吃飯總是吃很快而且會低吼護食
吃完再去搶哥哥們的，所以通常都要把牠另外隔離
有一段時間，我因為工作都不在台灣，沒有人敢跟牠互動
大家都怕被牠咬被牠抓，似乎只有我敢跟牠互動
因為牠不會對我怎麼樣
所以我不在的時候有一個小房間算是隔離牠的
看到他們怕的要死好像看到什麼猛虎出匣一樣

餵牠吃飯也是怕到立刻關門的那種

但是因為我不在，也沒有人可以教牠

當時也覺得很難過，但也沒辦法勉強家人

之後有一段時間妹妹要去澳洲打工度假

我就回到台灣休息一陣子，開始有時間教導牠陪伴牠

花了很長的時間讓牠不再會護食低吼

然後也可以讓人家抱也可以摸，變得柔軟許多

雖然有時碰到牠肚肚牠會不開心也會想要咬人

但跟以前比起來已經溫順許多了

以前跟牠睡覺，牠都會只睡在腳邊

等到我們越來越親密的時候，牠會睡到我的胯下

現在是睡到我手旁邊的地方，總之是離頭越來越近……

牠其實通常都會半夜去上廁所，但是只要來到我房間睡覺

牠就會一起跟我睡到早上要吃飯的時候

有時候我就是起不來，但牠也不會吵我

牠就會起床到旁邊地板坐在那裡看著我，說我什麼時候要起來
可能有叫過我幾次，之後牠發現叫不起來也索性就不叫了（哈）
我發現只要我在外工作，長時間沒辦法回家
回到家一開始像沒事一樣，但過沒多久可以感受到牠在不開心
牠會故意躲起來，然後不理我
我可能就要去哄牠跟牠玩，一直跟牠說話
才會感覺到牠好像沒有那麼不開心了

讓我想起，有一次也是我在外工作幾天後才回家
一打開家裡大門，平常 Nili 是不怎麼說話的
突然衝到我面前開始喵喵喵的一直叫，感覺就很像在罵我
我當時還不知道發生什麼事，從進門關門走到客廳
牠是跟著我狂叫的⋯⋯真的很像在罵人，當時想說牠怎麼了
開始跟牠說，我是去工作，你是不是想我啦⋯⋯之類的話
（我很喜歡跟牠們用擬人化的方式說話）感覺講完之後
牠的喵喵喵就越變越小聲了，變得很像是在碎碎念⋯⋯

我當時就意識到，牠可能真的是在罵我？！

當時我沒有跟牠們說我去哪裡，可能多久沒辦法回來
我本來以為牠可能不會理解也不懂
但是講了之後牠的狀態又變得不一樣
所以我又感覺是不是我講的話牠們可能能理解？！
總之就是一種很微妙無法言喻的 feel～

/2

/1

/3

/4

擁抱過去的我　Me, Myself and I

/5

/6

/7

擁抱過去的我　Me, Myself and I

/8

擁抱過去的我　Me, Myself and I

/11

/12

/13

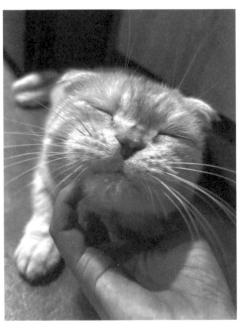

/14

Postscript

寫歌
&
遊學的小日子

寫歌。

我跟聖皓是玩桌遊認識的，平常也會一起去吃飯、唱歌
我跟他和幾個朋友很喜歡唱歌，我們會聚在一起
他喜歡陪我們唱歌，然後我們喜歡逼他唱歌（哈哈）
在 KTV 一定會唱的歌是千年之戀
因為只有他可以把這首歌唱得很高
所以我每次跟他唱這首歌的時候都好開心喔！

當時上了課程之後，需要設定目標，然後完成它
我當時寫的一個目標就是我想要試著創作一首歌曲
我想要知道自己能不能完成這件事情
所以先訂下三個月內要做到這件事情的目標
然後我認識的音樂人裡比較熟的就是聖皓，就時不時會打擾他
有天我就跟他說我有件事情要做，你願不願意幫我？
他人很好一口答應，他本來以為是我要跟他一起寫歌
但我其實是要請他教我怎麼創作
想看看我可不可以做到「創作」這件事情

他建議我有想到什麼旋律先用哼的錄下來

我就錄了幾個旋律放給他聽，他聽完之後

問我說是想要 MIX 在一起還是怎樣

他幫我先彈和弦進去看看，試了幾個都覺得不太好

後來我又再給他聽了幾段

他覺得有一段不錯，建議我從這段開始發想後面的東西

在短短的幾天內，我把後面的東西延展出來完成一首曲

心裡想，耶！太棒了，我完成一首曲了！

他說，對啊，那你詞呢？

我想，對吼，還有詞

天啊，這個也太難了，我怎麼知道要講什麼！

他教我可以聽這首曲帶給你什麼感覺

想表達什麼心境，然後我就完成了這首歌

雖然有時候我會問他意見，有時候我又會直接打槍他，笑死～

他就會說，這是你的，你決定，你想要怎樣比較重要

我覺得他真的人很好，願意花時間幫我完成這件事情

他那時候忙得要死，也要做自己的專輯
但還是喬出我們共同的空檔趕快做這件事
他真的很像嚴厲的老師
真的很謝謝他，讓我真的把這首歌做出來
很真實表達出很內心的心境和感覺

遊學的
小日子。

出國遊學的想法是因為升國中時很喜歡看一部美劇「聖女魔咒」
劇裡有三個女巫，我就對西方世界、女巫這些主題感到很好奇
當時網路沒有那麼發達，所以只能在電視上看到
就開始接觸美劇和英文歌曲
當時最喜歡的歌是艾薇兒的 Sk8er Boi、Complicated
覺得天啊，這個女生也太酷了，我就去買她的 CD、學她哼唱
也因為這部劇和這個歌手，開始了我對英文的興趣
我還特別去補習班學英文
我的補習班老師跟我說過她曾經在美國西雅圖遊學
我開始嚮往去異國遊學的生活
好想知道西雅圖是什麼地方、不知道在那裡生活是什麼感覺
會是我在電視上看到的樣子嗎？
如果真的有機會，我也想要體驗出國遊學
但當時心裡覺得這是需要有這樣的家境
爸媽為你安排好才能做的事情
所以這個念頭變成我心裡的一顆小種子

長大開始工作後，想法變成要先工作賺錢存夠錢之後才能去
也查過打工遊學資格是要在 30 歲前，才能申請去澳洲打工遊學
我會跟我妹分享這些資訊和想法
當她決定要去的時候，那年我正好 30
所以我很替她開心，這樣以後我還可以去找她，結果疫情來了

在這個嚮往的過程中，一開始是沒有錢，所以我需要先賺錢
後來賺到錢，可是我得工作，沒有時間
再來真的想去雖然資格到了但至少可以去找我妹
沒想到又碰到疫情
這樣一拖再拖，讓我以為自己漸漸淡忘了這個念頭
一直到我開始自我練習覺察時才回想起來，這是我的渴望
我開始跟身邊的人宣告說我要去遊學
因為當你說出口時，才會實現它

然後自己安排行程、找學校、找住宿

一開始很新鮮很緊張很刺激

要在國外待三個月，自己應該可以吧（哈哈）

朋友和經紀人都跟我說不要有壓力，好好體驗這邊的生活

但一開始上課之後，就開始覺得每天都要好早起床上課

才回想起學生時代，自己其實不是特別認真的學生

怎麼會覺得來這邊可以變得特別認真？（哈）

所以有時候我會想發懶一下，天氣好的時候，就去感受街道

在這過程中，也會想家，想念我的貓

在這邊，我也學習到「接受變化」這件事，因為每天都會有狀況

生活上每天都會發生突如其來的事情

租房、租車、這些事情都自己來，只能靠寫 email 溝通

天啊！都是英文，我到底要怎麼跟人家溝通？！

遇到當下真的很痛苦，但至少都解決了，而且真的學到很多東西

會很焦慮，但這都是過程，所以其實也是蠻享受這個體驗的

在英文對談這部分

一開始老師就要求我們跟同班的朋友之間只能用英文交談

然後班上的同學來自不同的國家，口音都不一樣（哇聽謀啊～）

就是除了要聽懂英文之外，還需要先跨越口音的障礙

光一個單字就可能有很多不同的腔調，真的很困難～

一開始很沒有自信，講話都很小聲，不好意思、怕講錯

但兩個月之後，感受到自己跟外國人說話比較有自信了

然後請我的朋友傳訊息都盡量傳英文，幫助我練習（哈哈）

這趟遊學雖然還沒結束，但我已經在想

未來，也希望能去其他國家或城市長住一段時間

我喜歡動漫，所以我想去日本學日文

我喜歡韓文歌，所以我想去韓國學韓文

讓自己接觸更多這個世界

創造更多不同的生活體驗

/1　深深的被你吸引

/I

擁抱過去的我　Me, Myself and I

/2

/3

/4

/2　Pornstar martini is my favorite cocktails in UK

/3　回家功課配上 Wen（室友）的晚餐

/4　猜猜哪一個是我做的

/5　回家路上遇到松鼠。🐿️。

/6　日常生活最常去的地方就是超市了

擁抱過去的我　Me, Myself and I

/7

/8

/9

/10

/11

擁抱過去的我　Me, Myself and I

/12

擁抱過去的我　Me, Myself and I

/15

/16

/17

擁抱過去的我　Me, Myself and I

/18

/19

/20

/21

擁抱過去的我　Me, Myself and I

/22

/23

擁抱過去的我　Me, Myself and I

/26

/27

擁抱過去的我　Me, Myself and I

國家圖書館出版品預行編目 (CIP) 資料

擁抱過去的我 = Me, myself and I/ 郭雪芙著 . -- 初版 . -- 臺北市：商周出版：
英屬蓋曼群島商家庭傳媒股份有限公司城邦分公司發行 , 2024.07
　　面；　公分 . -- (Live & learn ; 127)
ISBN 978-626-390-195-7(平裝)

863.55　　　　　　　　　　　　　　　　　　　113008845

線上版
讀者回函卡

擁抱過去的我 Me, Myself and I

作者	郭雪芙
企劃統籌	Sylvie L.
執行編輯	余筱嵐
經紀公司	好妙娛樂有限公司
經紀人	林映秀 Elsa Lin
執行經紀	呂苯莊、郭雪蓉
版權	江欣瑜、吳亭儀
行銷業務	林秀津、周佑潔、吳淑華
總編輯	程鳳儀
總經理	彭之琬
事業群總經理	黃淑貞
發行人	何飛鵬
法律顧問	元禾法律事務所王子文律師
出版	商周出版
	115 台北市南港區昆陽街 16 號 4 樓
	電話：(02) 25007008　傳真：(02)25007759
	E-mail:bwp.service@cite.com.twbwp.service@cite.com.tw
發行	英屬蓋曼群島商家庭傳媒股份有限公司城邦分公司
	115 台北市南港區昆陽街 16 號 8 樓
	書虫客服服務專線：02-25007718；25007719
	服務時間：週一至週五上午 09:30-12:00；下午 13:30-17:00
	24 小時傳真專線：02-25001990；25001991
	劃撥帳號：19863813；戶名：書虫股份有限公司
	讀者服務信箱：service@readingclub.com.tw
	城邦讀書花園：www.cite.com.tw
香港發行所	城邦（香港）出版集團有限公司
	香港灣仔駱克道 193 號東超商業中心 1 樓　E-mail:hkcite@biznetvigator.com
	電話：(852) 25086231　傳真：(852) 25789337
馬新發行所	城邦（馬新）出版集團 Cite (M) Sdn Bhd
	41, Jalan Radin Anum, Bandar Baru Sri Petaling,
	57000 Kuala Lumpur, Malaysia.
	Tel: (603) 90563883 Fax:(603) 90576622 email:service@cite.my
封面設計	江元
美術設計	徐立槃、林毛
排版	江元
印刷	韋懋印刷事業有限公司
經銷	聯合發行股份有限公司
	電話：(02)2917-8022　傳真：(02)2911-0053
	地址：新北市 231 新店區寶橋路 235 巷 6 弄 6 號 2 樓

2024 年 7 月 9 日初版　　　　　　　　Printed in Taiwan
定價 499 元